中公文庫

# 中央線小説傑作選

南陀楼綾繁 編

中央公論新社

目次

# 中央線小説傑作選

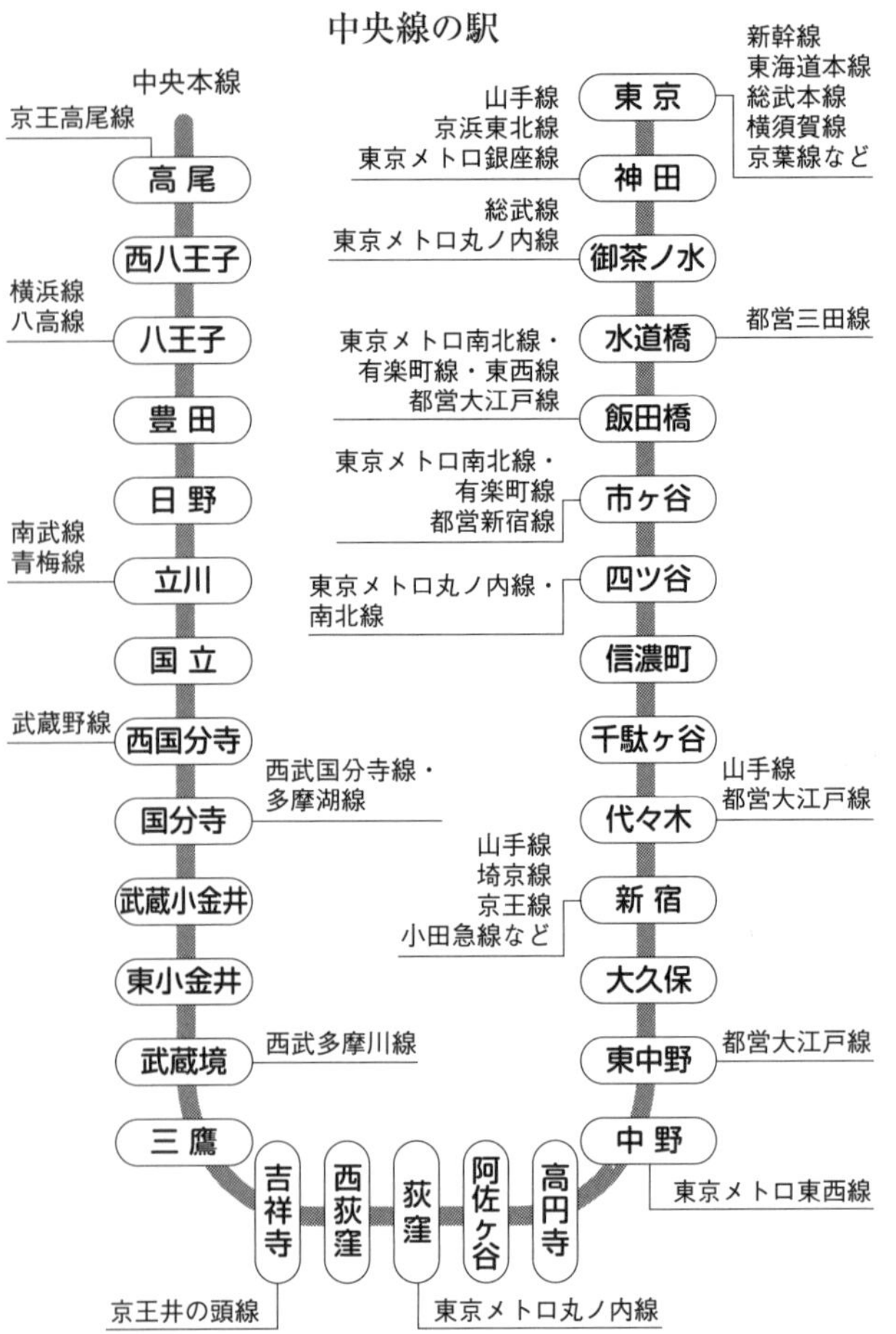

中央線の駅
中央本線
京王高尾線
高尾
西八王子
横浜線
八高線
八王子
豊田
日野
南武線
青梅線
立川
国立
武蔵野線
西国分寺
西武国分寺線・
多摩湖線
国分寺
武蔵小金井
東小金井
西武多摩川線
武蔵境
三鷹
吉祥寺
京王井の頭線
西荻窪
荻窪
東京メトロ丸ノ内線
阿佐ヶ谷
高円寺
中野
東京メトロ東西線
都営大江戸線
東中野
大久保
山手線
埼京線
京王線
小田急線など
新宿
山手線
都営大江戸線
代々木
千駄ヶ谷
信濃町
東京メトロ丸ノ内線・
南北線
四ツ谷
東京メトロ南北線・
有楽町線
都営新宿線
市ヶ谷
東京メトロ南北線・
有楽町線・東西線
都営大江戸線
飯田橋
都営三田線
水道橋
総武線
東京メトロ丸ノ内線
御茶ノ水
山手線
京浜東北線
東京メトロ銀座線
神田
東京
新幹線
東海道本線
総武本線
横須賀線
京葉線など

# 土手三番町

内田百閒

**內田百閒**　うちだ・ひゃっけん

一八八九年（明治二十二）、岡山県岡山市生まれ。生家は造り酒屋。一九一〇年（明治四十三）、東京帝国大学文科入学。文学科独逸文学を専攻。夏目漱石を訪ね、漱石山房に通う。一九二〇年（大正九）、法政大学教授となる。その後、「冥途」をはじめとする幻想的な小説、ユーモアと皮肉にあふれる『百鬼園随筆』を発表。一九三七年（昭和十二）、中央線沿いの麴町区土手三番町（のち五番町と改称）に住む。戦後の「阿房列車」シリーズは「鉄オタ」の先駆けとなった。一九七一年死去。

この間うち二三日雨空の暗い日が続いた時から、家の近くのどこかで木兎が鳴き出した。昼も夜も思い出した様に鳴き続ける事があるが、その声は余り動かない様に思われる。重苦しい雲が段段に暗くなって、その儘夜になり、雨も降らず、風の音もしないから、表の戸を開けて見ると、道端の立ち樹の葉っぱが垂れ下がっている中に、往来の表だけ乾いて遠くの二七通の夜店のあかりが変にきらきらしていると思うと、いつもの方角から木兎の声が聞こえて来た。

土手の向うを走っている省線電車の響きに消されもせず、別別にはっきり聞こえるのが不思議に思われた。

夜明け近くになって、急に強い風が出たらしく、方方ががたがた鳴る音で目を覚ましたら、またどこかで木兎が鳴いていた。うつらうつらしながら聞いている内に、いつもと違った方へその声が移って行く様に思われて、次第に目が澄んで来た時、午前四時頃の始発の電車の響きがしたので、あわてて寝なおした事もある。

木兎が鳴き出す前は、裏の木立の間で鶯も啼いたし、青鵐や日雀も時時は囀っていたが、この頃はそう云う小鳥の声はしなくなった。

　昨日の午後用達から帰って来る途中、私の家の近くの塀の下を歩いていると、頭の上で何か気配がしたのでそちらを振り向いて見たら、びっくりする程大きな鴉が、塀の上にとまって、私の顔を見返していた。又こないだは汚らしい猫が四匹一列縦隊になって、向うの土手から私の家の前の道へ下りて来るのを見た事もある。引越して来てから、まだ半歳にもならないが、これから夏になると、いろいろの毛虫が座敷や書斎の中を這うのではないかと云う気もする。

# こがね虫たちの夜

五木寛之

**五木寛之**　いつき・ひろゆき

一九三二年（昭和七）、福岡県八女郡（現・八女市）生まれ。一九四七年に北朝鮮より引き揚げる。一九五二年、早稲田大学文学部露文科に入学（のち中退）。この時期に椎名町、戸塚、鷺宮などに住み、中野近辺の喫茶店やバーに出没。一九六六年、「さらばモスクワ愚連隊」で小説現代新人賞、翌年、「蒼ざめた馬を見よ」で直木賞を受賞。その後、『青春の門』『戒厳令の夜』『四季・奈津子』『親鸞』などを発表。映像化された作品も多い。現在も一九七五年以来連載が続くエッセイ『流されゆく日々』など、精力的に執筆活動を続けている。

# 1

何となく何事か起りそうな気配というものがあって、そんな感じがあたしは好きだ。風の強い晩だとか、急に空が暗くなる午後だとか、新聞でたてつづけに大きな事故が報じられるとか、そんな不吉で凶々しい予感のする時というものがあって、そんな時、あたしはなぜかふっと生気をおび、そわそわと嬉しくなるのだから不思議な気がする。

女のくせに平和で落ちついた状態というものが、なぜか好きでないのは、どういうわけだろう。お店にいる時でも、そんな気配があると、急にあたしの目が輝き出すのだと達也が言う。

「ママは血が騒ぐたちなんだな」

と、客の絶えたカウンターの中で、いつか達也が呟いたことがあった。達也は二十代の半ばにさしかかった身綺麗な当世風の若者で、半年ほど前からあたしの部屋に泊るようになった、いわばあたしのつばめなのだ。貯金をはたいて四谷に出した小さなスナックの店が、どうにかやって行けるのは彼の才覚のせいかも知れない。いい男なのに、ちっとも二枚目ぶらず、夜おそくやってくるホステスたちや、男の客たちに、いつも快活な冗談を言って受けている。ちゃんとした一応の大学を出ているくせに、そんなことはおくびにも出さない利口さもある青年だった。

「あたしは駄目なのよ」

「何が？」

達也は帰って行った客たちの皿やグラスを片づけながら、あたしを振り返ってたずねる。

「駄目って、どういう意味？」

「駄目なんだ、あたし」

答えにならない答えだが、本当の気持ちだった。

「おまけよ、おまけ」

「おまけ？」

「そう。いま生きてるのは、おまけ。本当のところはもう済んじゃってる」

「ニヒってるって言うんだろ、そういうの」

「そうかも知れない」

「さからわないんだな、ママはいつも」

「ごめんね、達也」

達也はふと動かしていた手を休めて、カウンターに両肘（りょうひじ）をつき、ぼんやりしているあたしをじっとみつめる。

「何を謝るんだい」

「本気で生きてられなくって、ごめんなさい」

「…………」

感じのいい笑顔を見せて達也はあたしに手をのばす。ボタンの外れたブラウスの胸元（むなもと）から、すっと冷い手をさしこんで乳房をぎゅっと摑（つか）むと、

「もう閉めようか」

「ええ」

「表の看板ひっこめてくるよ」

「あたしがやるわ」

達也の手をそっとおさえて起（た）ち上ると、ちょっと目まいがした。

「どうしたんだ」

「ちょっと——」

あたしはカウンターに両腕をついてつっぷすと、達也に言う。

「先に帰って。後はあたしが片づけて行くわ」

「またママの病気がはじまった」

よくあることだった。急に独りでいたくなってくる。理由もなく、時どきそうなるのだ。あたしは達也がとても好きだった。若い、疲れを知らない体も、こまかく気のつく控え目の性質も、申し分ない適当な愛人だった。だが、あたしは一月に一度か二度、無性に独りになりたくなる時があるのだ。

「車を呼んで先に帰って」

「うん」

達也は逆らわない。前に度々そんなことがあって、もうあたしという人間を扱うことをのみこんでしまっているのだろう。達也は一応の片づけをすますと、あたしを残してタクシーで新宿のアパートへ先に帰って行った。

時計を見ると、朝方の四時だった。石油ストーブを消してしまうと、少し寒かった。師走の風が表で鳴っていた。何か異常なことの起りそうな、あたしの好きな気配がどこかにあった。あたしは店の中を暗くし、燈りを一つだけつけて、カウンターに坐った。国産のジンのびんと、水と、グラスを前において、独りだけの態勢をととのえた。そして、アラジンのランプのように、あたしの記憶を遠い夜の奥から呼び起こしてくれるいつもの歌を小声で口ずさんだ。

こがね虫は　虫だ
金倉（かねぐら）建てた　虫だ
なぜ虫だ
やっぱり　虫だ

奇妙な歌だが、あたしには大切な歌だった。有名な童謡を、そんなふうに変形して口ずさむと、水中にアセチレンのかけらを放り込んだように、さまざまな記憶がぱあっと泡のように立ち上ってくる。それはもう終ってしまった季節の失われたテーマ・ソングであり、今では誰にも歌われなくなったあたしたち仲間だけの歌だった。

あれは昭和二十年代の終りかけた頃で、あたしはその頃まだ十九歳になったばかりの痩せた小生意気な少女だった。あの頃の事を思い返すたびに、あたしは今の自分がおまけの人生を生きているような気になってしまう。どう考えてみても、あの数年だけがあたしが本当に生きた、短い時期だったように思えてならない。

こがね虫は　虫だ

人気（ひとけ）のない暗いスナックの店で、独りジンを飲みながら、とりとめのない歌を口ずさんでいる三十半ばの女というものは、どう考えてもぱっとしたものではない。

たとえ、あの頃のように飢えや、寒さになやまされる事がなくなったとしても、やはりあの時代のほうが、あたしには生き生きと張りのある毎日だったように思う。何かが起こりそうな、そんな予感が毎日のようにあたしを満たしていたし、その通りにあたしたちの周囲には何事かが絶えず起こっていた。

今では、ただ待っているだけだ。外で風が吹き荒れたり、飛行機が立てつづけに落ちたりしても、それがあたしの待ち望んでいるようなことにはなりっこないことを、あたしはもう知っている。あたしはまだ少し美しく、小さなスナックを一軒もっていて、若い青年と一緒に暮している三十四歳の中年女に過ぎない。そして、もう二十年もたてば、達也とも別れて、古ぼけたこの店を細々とやっている疲れた顔の女主人になるのだろう。そして、一日に何度か、客の帰ってしまった店の中で、こがね虫の歌を小声で口ずさんで、ジンをなめて夜を過すのではなかろうか。それというのも、あたしは余りにも若いうちに短い充実した季節を浪費してしまったからだろう。あのきらめくような一時期を、十九歳の終りに持ったということは、果してあたしにとって幸福だったのだろうか。それとも不幸だったのだろうか。あたしには、わからない。ただ、こうして独りで想い出にふけっていると、体の奥に、ぽっと明るいランプの灯がともるような気がする。それは達也に説明してもわからないことなのだ。それは仕方のないことだと思う。

## 2

その頃、学生だったあたしは中央線沿線の中野を中心にさまよい歩いていた。

前年の春、九州の高校を卒業して、女子美術大学に入学したあたしは、ちょうど一年ちかくたった冬の終りに、中野の近くに自分の部屋を借りたのだ。地方の高校の教師をしている父親からの仕送りは、東京での学生生活を支えるには不自由すぎた。あたしは自分で家庭教師のアルバイトを探したり、日暮里（にっぽり）や秋葉原（あきはばら）あたりのタオル工場で働いたりして、不足分をおぎなって暮していた。

中野という街は、その当時はまだ今のような巨大な商業センターではなかった。駅をおりると北口の正面にちょっとした広場があり、汚れた犬が商店街の入口で小便をしていたりするような街だった。

あたしは中野の駅から歩いて十五分ほどの古い三畳の部屋を借りていた。せまい部屋だったが、あたしは満足だった。窓からは隣りの銭湯（せんとう）の石炭置場がすぐ目の前に見え、風のある日など石炭の粉が窓のすき間から部屋の中に舞い込んできてざらざらした。

あたしはその頃、ようやく、大学に幻滅を感じはじめていた時期だった。男の子のいない女だけの学校などというものは、あたしには退屈な存在でしかなかった。大学とはこんなものなのだな、と判ってしまうと、あたしは一日中、部屋にこもって本を読んだり、デッサンを描いたりして日を過すようになった。そして、その部屋に移って間もなく、父がある事件を起こして、私への送金が不可能になったという手紙が国からとどいたのだった。

そこであたしはすぐにその晩、中野の商店街の近くにある一軒の酒場を訪ねた。その店の名はシャガールと言った。後で知ったことは、その店の経営者が画家であること、その店のマダムがコミュニストであると噂されていたことなどである。ただその時は、あたしは酒場シャガールにアルバイトとして働いていた大学の同級生を訪ねて行っただけだった。あたしは、彼女がその店で働いていることを、銭湯で出会って聞いていたのだ。

その友達の名は沢野恵子といった。ややふとり気味の色の白い女の子だった。東北の出身だということだったが、目鼻立ちのはっきりした、線の太い容貌の女子学生である。

彼女は毎日、ちゃんと学校に通い、夜になるとその酒場で働いているという話を、いつかあたしにしたのだった。そして、あたしはそんな彼女に対して、一種の劣等感のようなものを感じていたように思う。

西日が明るくさし込む銭湯で、あたしたちは裸で出会った。学校では余り口をきいたことのない相手だったが、その日を境に急に親しくなったのだ。

恵子は少し背が低かったけど、色白の実に見事な体を持っていた。銭湯で会って、体を流しっこする時など、あたしはよくタオルを持った手を休めて彼女の体に見入ったものである。あたしは背こそ彼女より高かったが、色が黒く、骨ばった体をしていたと思う。顔には一種の自信のようなものはあった。目が光って、額が広く、知的でいてどこか翳（かげ）りのある顔だと自分では思っていた。

「あなた、男と寝たことある？」

と、ある日、とつぜん恵子はあたしにたずねた。

「どう思う？」

と、あたしは意味あり気な口調で言った。実際はそんなあからさまな質問にどぎまぎして、顔が火照（ほて）ったのだが、あたしはそんな気配を恵子に悟（さと）られたくなかったのだ。もちろん、あたしはそれまで男と寝たことなどなかった。高校の頃、体操の教師に更衣室で接吻されたのが唯一の体験だった。

「ヴァージンじゃないと思うな」

恵子はちらとあたしの体に目を走らせて言った。

「さあね」

あたしは恵子に流し目をくれながら体全体で赤くなっていた。さいわい色が黒いのと、上気していたために彼女にはそれを気づかれずにすんだのだった。

彼女のつとめている酒場でバイトをしてみる気はないか、と言われたのはその時である。あたしが経済的なピンチに立ちいたって、恵子の店を訪ねたのは、その時の言葉を憶えていたからだった。恵子があたしを処女ではないと見た上で、酒場づとめをすすめた背後に、何かあたしの好奇心をそそるものがあったといっていい。

そして、その晩から、あたしは酒場シャガールのカウンターの中にはいることになった。ちょうど女の子が一人やめて銀座の店へ移ったばかりで、あたしはマダムから大歓迎されたわけだった。

「うちは呑気(のんき)なお店だから、平気よ」

と、四十年配の素人っぽいマダムはあたしに言った。見たところ、どこかの保育園の保母さんのような感じのする面白そうなマダムだった。さらにあたしの顔をいたずらっぽい目で見ながら、恵子に言った言葉があたしをどぎまぎさせた。

「きっと、あの連中が熱をあげて大変よ。連中ごのみだもの、この子」

「そうね」

恵子は少し首をかしげ、あたしを眺めながら微笑していた。

〈あの連中とは、どんな男たちだろう？〉

と、あたしは思った。悪い気はしなかった。酒場で働くということに関するこだわりはなかった。あたしは、学校で得た失望のかわりに、その夜の生活で何か新しい体験を期待していたのだろうと思う。

## 3

酒場シャガールは、奇妙な店だった。

女の子は、マダムを別にして四人いた。あたしと恵子がアルバイトで、他にちょっと斜視(しゃし)がかった色っぽい猫のような女の子と、おそろしく大柄な酒の強い女がいた。色っぽい子のほうは皆にネコちゃんと呼ばれていた。金子、という姓をもじったものだという話だった。

大柄な女は、典江という名前だったが、客たちは誰も彼女をそう呼ばなかった。クジラというのが彼女の愛称(あいしょう)だった。それは、いつも黒っぽい服を好んで着て、少し猫背気味に背中を丸め、悠々(ゆうゆう)とカウンターの中を遊弋(ゆうよく)しているような、そんな彼女にいかにもぴったりの愛称だった。時にはマダムや恵子までが、彼女をクジラさん、などと呼んだりした。

名の通りに大酒飲みで、ウイスキーを一びん空けてもニコニコしながら、ゆったりと客の相手をつとめて乱れない女だった。

ネコちゃんは年配の客に持てたし、クジラさんは若い学生たちに人気があった。

シャガールは、店のマッチにシャガールの版画が刷り込んであるような店だけに、学生やいわゆる文化人の客が多かった。中央線沿線には、そんな種類の店が多いらしく、画家や新聞記者や大学の講師や、編集者などが毎晩、店に姿を見せた。

思うにシャガールは当時でさえも、きわめて安い料金で酒を飲ませていた店のような気がする。ウイスキーのシングルが三十円で、そのほか泡盛(あわもり)や、日本酒もおいてあった。すでに十年近く通いつめている常連や、マダムの主人の絵描きの仲間なども集ってきて、一種独特の家庭的な雰囲気がシャガールにはあった。マダムの言う「あの連中」は、その中で大事な役割りを果している、若い学生たちのグループだった。

最初に彼らの仲間と口をきいたのは、二日目の夜だった。まだ店が混まない七時頃に、背の高い体格のいい青年が、独りでドアを開けて入ってきた。ちらとあたしを見ると、カウンターの端に腰をおろし、煙草に火をつけた。スポーツ選手か何かのような堂々たる体つきのくせに、どこか気弱そうな、優しい目をした青年だった。冬だというのにオーバーも着ず、襟(えり)の幅の広い古風な背広に身をつつんで、黙って坐っている。

「こんばんは」

と、あたしは水のグラスを彼の前に置いてたずねた。

「何をおつくりしましょう」

「え？」

その青年はあたしの顔をまぶしそうに眺め、それからクジラさんの方を向いて、

「この子、新しくはいったひと？」

「紀子っていうの。わたしの学校のお友達よ。可愛いでしょう」

恵子が横からその青年に言った。

「おれ、きょう金ないんだけど」

と、その青年は早口で恵子に言った。「ここに坐っていいかな」

「いいわよ。どうせ後から岡田さんたちもくるんでしょう？」

「くると思うんだ」

「じゃあ、一杯飲みなさいな。彼に払わせればいいわよ」

「うん」

この人にウイスキーのストレートを、と恵子はあたしに言った。

「森口さん。N大の芸術学部に行ってる人」

と、彼女はその青年のことを紹介した。

「よろしく」

と、あたしは頭をさげた。森口という学生は、少し照れたように口の中で何か呟いた。

「挨拶なんかすることないのよ、紀子ちゃん」

と、そのときナプキンを折っていたネコが言った。「サービスしたって売上には全然関係のない連中なんだから」

「ひどいね、このひと」

クジラさんがゆったりと微笑して近づいてきて言った。「でも、いい人よ、森口さんは」

「どうぞ」

と、あたしはグラスにウイスキーをシングル分、きちんと計量して出した。シャガールのグラスは口の広い大き目のグラスで、シングル分のウイスキーは底の方にわずかにたまるだけだった。クジラさんはごく自然な動作でカウンターの下からウイスキーのびんを取り出し、ごぼごぼと森口のグラスに注いだ。

「駄目よ、クジラさん。ママが来たら大変よ」

「まだ来ないわよ」

と、恵子が言った。「今日は何か共産党の会議があるんですって」

「早く飲んじゃいなさい」

と、ネコが言った。「他のお客さんにも悪いわ」

「うん」

森口はグラスを口に運ぶと、徐々にウイスキーを流し込んだ。半分ほど空けて水を一口のみ、また残りのウイスキーを一気に流し込んだ。グラスをカウンターにおくと、不意に森口の顔が赤くなった。それは全く間髪を入れぬ反応のしかただった。あたしは驚いて森口の赤い顔をみつめた。

「朝から何も食べていなかったもんだから」

と、彼はあたしに言い訳をするような口調で言った。

その晩は、土曜日のせいもあって、ひどく混んだ。マダムは九時ごろ現れた。森口はカウンターの一番端に、水のグラスを前にして、ひっそりと坐っていた。

「森ちゃん、誰か待ってるの？」

「岡田がくるんだ」

「そう。飲まないの？」

「彼がきてから」

「もう飲んだんでしょう」

「一杯だけ」

と、森口はいい、顔をふせた。マダムはちらと森口を眺め、カウンターの中のクジラさんを見た。クジラさんは新聞社の広告課長だという老人を相手に、ゆったり微笑しながら泡盛のグラスを口に運んでいた。

岡田京介が現れたのは十時過ぎだった。彼は、痩せた長髪の青年で、糸のほつれた厚手のスウェーターを着、ゴム長にコール天のズボンをはいている。聡明そうな顔だちの、額の広い、鋭い目をした青年だった。茶色の汚れたマフラーを長くさげて、どこか昂然(こうぜん)とした感じを尖った顎のあたりに漂わせていた。

「いらっしゃい、岡田くん」

恵子が目顔で森口のほうを示して言った。

「彼、夕方から待ってたのよ。お金がなくってさ。一杯だけ飲んだわよ。払ってくれる?」

「おれが払うのかい」

「そうよ、それを当てにして飲ませたんだもの」

「おれ、これだけしかないんだ」

岡田は片手をさし出して恵子の掌(て)の上にひろげた。十円銅貨が三枚、光って落ちた。

「これだけ?」

「それだけだ」

「三十円じゃ、森口さんの飲んだシングル分しかないじゃないの」

「とに角、彼の分だけ払っておくよ」

「すまんな」

森口が言った。彼はもう酔のさめた顔の色だった。

「この銅貨、暖たかーい」

と、恵子が大声で言った。「岡田さん、十円玉三個しっかり握ってやってきたのね」

「岡田くん、今夜はひとり？」

マダムがたずねた。

「原がくることになってるんだ」

「そう。じゃあ大丈夫ね。一杯ぐらいならいいわよ。原さんはきのうバイトの給料がはいってるはずだから」

「うん」

あたしは岡田の前にグラスを出した。

「シングルね」

マダムが注意した。

「ゆうべから」

と、あたしは言った。岡田というその青年は、あたしの好みのタイプだった。よく響くバリトンの声や、時おり額に寄せる深刻そうなしわも良かった。

「学生?」

「ああ。W大。あんたは?」

「女子美よ」

「何やってるんだい」

「油絵」

岡田は髪をかきあげながら、あたしの目をのぞき込むように見た。あたしも彼の目をのぞき込んだ。例の何かが起る予感があった。あたしは急に人生が充実した輝かしいもののように感じられはじめた。

「何て名前?」

「紀子っていうの。紀元前の紀」

「シャガールは好きかい?」

「嫌いじゃないわね。でも、あたしはルドンのほうが好き」

「ルドンか――」

岡田はちょっとうなずいてウイスキーをなめた。

少し気障な感じもあったが、あたしはその気障っぽさも気に入っていた。彼はいわゆる芸術青年タイプだったし、どこか謎めいた雰囲気もちょっぴり感じさせたからだった。

「原ちゃんがきたわ」

クジラさんが呟くように言った。彼女はすでにかなり酔っていて、左右にゆらゆらと大きく揺れていた。

「よう」

森口と岡田が振り返って手をあげた。

「やあ」

原と呼ばれた青年は顔色の悪い、ひげを生やしたどこか異様な感じの若者だった。米軍の払い下げらしい草色の長い上衣を着て、のっそりと店に入ってきた。

「いらっしゃい、原ちゃん」

マダムが言った。彼女は相当に飲んでいるらしく、声が一オクターブ上ずっていた。

「岡田くんと森口くんが、あんたを待ってたのよ。まだバイトのお給料、残ってるんでしょうね」

「ない」

原はポケットに手を突っ込んだまま、ぼそりと呟くように言った。

「全然ないの？」

「ない」

「どうしたのよ。きのうはいったばかりでしょう？」

「ああ」

「しようがないわね。岡田くん、あなたを当てにして飲んじゃったのよ」

「へえ」

原という青年はマダムの言葉を全く意に介(かい)しない風情(ふぜい)でクジラさんのそばに行くと、

「煙草――」

「ないわよ」

「そうか」

彼は右手で顎の下の長くのびたひげをこすると、岡田と森口にうなずいて店から出て行こうとした。

「帰るの？」

「ああ」

「よう、原くん」

新聞社の広告課長が酔いの回った声で呼んだ。「一杯おごるぞ。飲め」

「うん」

原はのそりとその客の横に立ち、相手のさし出すグラスを受け取った。彼はその泡盛のグラスをゆっくりと傾け、ひげについた酒の滴（しずく）を手でぬぐって、じゃあ、とうなずいて店の外へ出て行った。

「変なひと」

マダムが言った。「いい詩を書くんだけど、怠（なま）け者で駄目ね、原ちゃんは」

「でも良い人よ」

ネコが言った。「わたし、好きだわ」

「あなたはどんな男でも好きなんだから」

恵子が冷やかすように言った。「ところでどうするの、岡田くん」

「ちょっと質屋に行ってくる。待っててくれ」

「何か入れるものあるの」

「三十円なら貸してくれるだろう」

岡田は、止り木から降りると、しばらく待ってくれ、とマダムに断って外へ出て行った。

「しようのない連中ね」

マダムが呟いた。「紀ちゃんも気をつけなさい。あの連中にかかわりあうと苦労するわよ」

その晩、岡田はコール天のズボンの上に汚れた長袖のシャツと、襟巻きだけという姿で帰ってきた。厚手のスウェーターを質屋においで来たものらしかった。

彼は一枚の百円札をマダムに渡し、森口と二人でもう一杯ずつウイスキーを飲んで帰って行った。この寒さの中を、シャツと襟巻きだけで顔色も変えずに外に出て行った岡田の表情が、あたしをとても感動させた。男っていいな、と、その時あたしは思ったのだった。

それが連中との最初の出会いだった。

## 4

あたしの夜の生活は、しごく順調に流れて行った。間もなく春休みに入って、学校の方は心配なかったし、シャガールの仕事も取り立てて苦労はなかった。しいていえば、交代で店に出かけて掃除をしたり、グラスを洗ったり、氷を割ったりする仕事が辛いといえば辛い位のものだった。

三月の末の土曜日の午後、あたしは早番でシャガールへ出かけた。まだ三時頃で、ふだんなら五時に出て準備をすればいい所を、退屈で店で本でも読もうと思ったのだった。

シャガールの前まで来ると、中で話声がきこえた。裏口からそっと回ってドアのすき間からのぞくと、女の背中が見えた。こちらを向いている角刈りのやくざっぽい男がおり、女の髪をつかんでカウンターに押しつけ、音がするほど頭を打ちつけながら何か鋭い目付きで喋っていた。女はネコだった。あたしは足音を忍ばせて外へ出ると、中野の商店街を当てもなく歩いて行った。

「よう」

うしろから肩を叩かれて、振り返るとスウェーター姿の岡田だった。彼は長髪を小指でかきあげながら、どこへ行くのか、とあたしにきいた。

「散歩してるの」

「森口の部屋へ行くんだ。一緒にこないか」

と、彼は言った。「今からカキ鍋をやるんだ」

「カキ鍋？」

「うん。原が魚屋のバイトでもらってきたんでね。皆でパーティをやろうというわけさ。手伝ってくれよ」

「いいわ」

森口の借りている部屋は中央線の線路にそって、新宿寄りに五分ほど歩いた場所にあった。あたしの借りている部屋の建物も、彼のアパートにくらべると大した立派なものに思えるひどい家だった。

原の部屋はその建物の便所の隣りの四畳半だった。すでに森口と、驚いたことにクジラさんが来ていた。

「あら、どうしたの?」

と、クジラさんはあたしを見て目を見張ってたずねた。

「商店街で拾ってきたのさ」

と、岡田が言った。「あんたこそ、どうしたんだ」

「森口さんに誘われたのよ」

「原は?」

「いま台所だ」

部屋の中央に新聞紙が広げられ、電熱器がおいてあった。部屋の畳は湿気をおび、壁は雨もりの跡が奇妙な模様を描いている。あたしが膝のあたりに何かの触れる感じに気づいて眺めると、大きな茶色のノミが二匹、重なりあって動いていた。

「じっとしてなよ」

と、頭の上で声がした。原が片手に洗面器を持って、良く光る目で、あたしを見おろしていた。

「動くな」

彼は静かにアルミニウムの洗面器を畳の上においた。そして一呼吸おくと、右手を素早くひるがえしてあたしの膝を音のするほど強く押えた。そのまま掌を上手に押しつけてローラーのようにこすると、ひょいと手を離して、赤くなったあたしの膝の上から二匹の大きなノミをつまみあげた。

「きのう逃がしたやつだ」

と、彼は言い、そのノミを電熱器の上に落した。パチンと音がしてノミがはじけた。

「洗面器でどうするの」

「鍋がないんだ」

と、原がクジラさんに言った。「人数も多いし、これでちょうどいいだろう」

「わあ、汚い！」

クジラさんが大きな声で言った。「原ちゃん、きのうその洗面器で靴下を洗ってたでしょう」

「熱で消毒するわけだから平気だ」

「汚いわよ」

「汚くない」

原はクジラさんの反対を押し切って、電熱器の上に洗面器をのせた。少し水をそそぎ、皿の上からカキや野菜を放り込んで、その中に味噌を投げ込んだ。

やがていい匂いが部屋の中に広がりはじめた。クジラさんは部屋の隅からウイスキーのびんを一本持ってきた。ちらとあたしを見て、

「マダムに言っちゃ駄目よ」

お店から持ち出してきたんだな、とあたしは悟って、うなずいた。

「よし、やろう」

原が厳かな口調で言った。あたしたちは各自、洗面器の中からフォークで、太ったこうばしいカキを突き刺して食べはじめた。クジラさんもさっきあんなに汚がっていたくせに、熱心にフォークを動かしていた。三人の学生と二人の女が、洗面器をかこんで黙々と食べているさまは、外から見るとさぞ異様なものだったにちがいない。あたし自身は、これまでに経験したことのない、爽かな気分に満たされて、ひどく幸福だった。

「うまいなあ、広島のカキは」

「うん」

湯気の中で部屋につるされた靴下がゆらゆらと揺れていた。あたしはさっきシャガールの店で見たネコと男の話をしようと思ったが、考えなおしてやめた。

## 5

森口も、岡田も、原も、それぞれ大学は異なったが、地方から出て来ている学生だった。原は時たま詩を書くほか、ほとんど部屋に一日中寝転んで暮していた。アルバイトをしてそれだけ食費を多くかけるより、最少の食事を取ってエネルギーを使わないほうが合理的だという考え方だったらしい。

彼は一日一食を守り、時にはそれも抜かすことがあった。自宅から五、六千円の仕送りがあるらしかったが、それは部屋代と本代で消えると言っていた。時たま彼は起きあがると働きに出かけた。彼は深夜の道路工事とか、ビルの窓ガラス拭きとか、稼ぎのいい職種だけを数日間やり、再び冬眠生活にもどるのだった。

それでも一日おき位にはシャガールへ現れ、シングルのウイスキー一杯で看板までねばっていた。そのかわり、彼はおつまみのピーナツを無制限におかわりし、客の残したオードブルは全部かたづけて引揚げるのだった。

シャガールのマダムは、顔さえ見れば彼らに原のことをこぼしていたが、それでも彼の顔を見ると帰れとは決して言わなかった。時に四、五日、彼が現れないとクジラさんやネコに、病気でもしてるんじゃないだろうか、見ておいで、と命令したりするのだった。

岡田は山陰のほうの旅館の次男坊だと言っていた。大変な読書家で、特にドストエフスキイに関して彼の前で何か言うことはタブーだった。彼はあたしと親しくなると、すぐに会うたびに新しい本を取っかえひっかえ読ませようとした。彼は当時出ていた「美術批評」という薄っぺらな雑誌を特に愛読しており、あたしにいろんな話をしてくれた。彼の高円寺の下宿には、頭に包帯を巻いた変な男の肖像画が壁にはってあり、後でそれがアポリネールという男の顔だと教えてくれた。

彼はあたしのことを、好きだったらしい。直接口説いたことはなかったが、時たま貸してくれる本のある部分に赤線が引いてあったりして、それはいつも男女の愛に関する言葉であることが多かった。彼は将来、評論家になるのだ、と言っていた。

森口は三人の中では最も学生らしい学生だった。彼は原と同じ部屋に二人で住んでいたが、大学の授業には真面目に出席していたらしい。家庭教師のアルバイトを二つ持ち、そのほかに育英会からの奨学金も受けて、三人のうちでは最も堅実な生き方を選んでいるように見えた。

あたしは森口の、そんな大人びたところが嫌いではなかった。小さく常識的に固まっているというのではなく、やることを一応やっていながら、それでいてどこかアウトローの性根をちゃんと持っている感じが彼にはあったからだ。

だが、彼はクジラさんと親しい間柄のように思われた。あたしは何となく彼を距離をおいて眺めていたように思う。

原はアナーキストだと言われていた。当時は最近とちがって、アナーキズムなどに関心を持ったりする人間は、時代錯誤のシンボルのように思われる時代だった。彼はほとんど大学には顔を出していないらしく、一日中じっと部屋にこもって何か考えていた。いや、何も考えていなかったのかもしれない。学校を卒業してどうするとか、将来どういう職業につくかといった事など、全く念頭にないように見えた。

そんな三人が、夜になるとよくシャガールに現れるのだった。そして、彼らはシャガールでは、客というより、内輪の人間あつかいを受けていたというべきだろう。

勘定にはうるさいママでさえも、彼ら三人には見て見ぬふりをする雰囲気があったのである。ましてクジラさんや、恵子や、ネコたちは、ママがいないと他の客に目立たぬように、こっそり彼らのグラスに注ぎ足したり、水のグラスにジンやウオッカを混ぜて出したりしていた。あたしも、いつの間にかそれを真似るようになっていた。

あたしは三人の中では岡田に特に親しかったが、それは他の二人より岡田のほうが好きだったというわけではない。ただ、彼が三人の中では最も積極的にあたしに近づいてきたという結果が、そうなっただけなのだ。

彼らは酔うと、必ず連中のテーマ・ソングと称する歌をうたった。歌うというより怒鳴ったといったほうが正確かも知れない。

それは例の有名な童謡、「こがね虫」の歌を勝手に作りかえた、およそナンセンスきわまる奇妙な歌だった。

「こがね虫は――」と一人が歌う。すると次の歌詞の「――金持だ」という部分を突然カットして、他の二人が「――虫だ」と合唱するのである。

「金倉建てた――」と次に歌えば、やはり同じように「――虫だ」と割り込む。そこで全く唐突に、「――なぜ虫だ」と一人が歌い、他の二人は再び「――やっぱり虫だ」と、最後の止めをさすかのように歌うのだった。

こがね虫は　虫だ
金倉建てた　虫だ

なぜ虫だ
やっぱり虫だ

このナンセンスな主題歌は、シャガールに集る他の客たちを失笑させたが、彼らはそれを無視して絶えずこの歌を口ずさんでやまなかったのである。その結果、いつの間にか最初、失笑していた客たちまでが、その奇妙なテーマ・ソングに感染して、ついつられて歌い出す。そしていつの間にか、やけくその大合唱となって中野の夜の街に響き渡るのだった。

シャガールにはマダムの関係で、左翼の青年や進歩的文化人たちもよく顔を見せていた。そして、彼らが歌うのは「アヴァンティ・ポポロ」だとか「バイカル湖のほとりにて」とか「ラ・マルセイエーズ」だったりすることが多かった。だが、三人はいつもくり返し「こがね虫は虫だ」を歌った。そして、そのいびつで、非音楽的なナンセンス・ソングは、あたしたちシャガールで働いている女たちに、とても共鳴できる感じを持っていた。

あたしたちは、恵子も、ネコも、クジラさんも、時には酔っぱらったママも、彼ら三人と一緒に、くり返しその歌をうたったものである。当時、若い客たちがよく歌った「ハイリリー・ハイリリー・ハイロー」などという、可愛らしい歌や、「自由をわれらに」なども、あたしは嫌いではない。でも、どうしても最後には「こがね虫は虫だ」になってしまう。おかしくって、それでいてどこか哀しさを感じさせる点において、その歌はあたしの心の中にきっかりと見えない譜面をきざんでしまっていたような気がする。

## 6

その年の夏休みに、あたしは帰省しなかった。あたしには、中野のシャガールの周囲にいる時間が、いちばん楽しかったし、また収入の点でも有利だったのである。

彼ら三人組の学生たちも、地方出身者ばかりのくせに帰省しないらしかった。森口はデパートの配送という体力の要るアルバイトにやとわれていたし、岡田は神宮外苑でアイスクリーム売りをやっていた。原だけが何もせずに、一日中、西日のさすせまい部屋に寝転んで暮していた。彼は持論のエネルギー保存説にしたがって、出来る限り体を動かさず、真夏に冬眠同様の暮しを続けていたのである。

だが、時たま原がいくらかの現金を持っている事があった。手持ちの現金が十円になると、彼はどこかへ海底を歩くようなゆっくりした歩き方で出かけて行く。そして、千円ちかい現金を手に帰ってくるのだ。そんなとき、彼は溶けたロウソクのように蒼白く、細くなって帰ってきた。

いつだったか、中野から新井薬師(あらいやくし)の方角へローラースケートに乗ってでもいるみたいな妙な足どりで歩いて行く原を見たことがあった。八月のなかばの、むし暑い午後だった。あたしは外食券食堂からの帰りだった。原がどこへ行くのか、あたしは不思議に思ったので、彼に気づかれぬように、少し離れて後をつけて行った。

彼は中央線と西武線を結ぶ方向へ長いあいだ歩き続け、ついに西武線を横切って、坂のあるごみごみした一画(かく)へはいっていった。

坂の途中には、血色の悪い、どこか荒廃した感じの男たちが群がっていた。原は、その男たちをかきわけ、灰色の塀の中の大きな建物の方へ進んで行った。その建物の上には赤十字の旗が時々思い出したように風に揺れているのが見えた。

あたしはその建物の門の前で、活気のない男たちに混じって長い時間、原がもどってくるのを待った。汗がブラウスの腋(わき)の下を濡らし、襟もとにしみた。何時間待ったかは覚えていない。記憶に残っているのは、原が青白い顔をきっと上向けて、泳ぐようにふらふらと門から出てきた時の情景だけである。

「原ちゃん」

と、あたしは彼に呼びかけた。原は、ゆっくりとあたしの方を振り返り、ちょっと驚いたようだったが、やあ、というように手をあげた。

「何してるんだい」

と、彼はけだるい声であたしにきいた。

「べつに」

「そうか」

「原ちゃんは？」

「四百CC、血を抜いたんだよ」

「売ったの？」

「ああ」

「どうしてそんな事するの？」

「どうしてって？」

くぼんだ目であたしをみつめた原の表情は子供のようだった。「金がいるからさ」

「少しなら、あたし持ってる。貸してあげたのに」

「………」

原は黙って首をふると、直射日光の照りつける舗道をゆっくりと歩き出した。

「死んじまうわよ、そんなことしてると」

「おれは死なない」

あたしは坂道を揺れながら下って行く原の後を追ってついて行った。ふと気づくと、彼は小声で例の歌を口ずさんでいるのだった。

こがね虫は　虫だ
金倉建てた　虫だ
なぜ虫だ
やっぱり　虫だ

その晩、彼は一人でシャガールに現れた。そして、匂いのするアブサンを二杯のみ、その日に限って森口や岡田たちを待たずに帰って行った。なぜか気になって仕方がなかったので、あたしはママに言って早引きさせてもらい、彼の部屋へ行ってみた。アパートの前まで行くと、原が下駄を突っかけて外へ出てくる姿が見えた。彼は右手に、いつかカキ鍋をやったアルミニウムの洗面器を持っていた。あたしは電柱の陰から、黙って彼を眺めていた。何となく声をかけるのが、はばかられるような直感が働いたのだった。

原は、あたりを見回すと、道路の脇のドブ川に洗面器の中の黒い液体をこぼし、二、三度、滴を切るように洗面器を振ると、ゆっくり玄関に姿を消した。

あたしは彼が何かをドブ川に捨てた場所へ行ってみた。コンクリートの敷石の一部に、黒い小さな水溜りがあった。あたしはそれに小指をつけ、街燈の光にかざしてみた。自分の指が赤黒い血の色に染（そま）っているのに気がついて、あたしは重い石をのみこんだようなショックをうけた。

## 7

その夏の終りに、あたしは岡田と寝た。

彼がとても熱心に、それをあたしにすすめたからだった。あたしはそれが初めての経験だったが、その事によって自分が前と変ったとも、自分の周囲の世界が変って見えるとも感じなかった。男との経験を持ったことで、あたしは幾分、自由な気分で彼らと接することが出来るようになったという事は、あったかも知れない。

ある晩、森口がシャガールにやってきてあたしを呼んだ。

「なあに？」

「君は――」

と、森口は急に小声になって、

「岡田と寝たんだってな」

「ええ」

「岡田が好きなのか」

と、彼は押えた声で囁いた。あたしは少し考えてから、わからない、と答えた。

「彼は――」

と、森口は言葉を切って、それから思い切ったように言った。「ネコと関係があるんだ。知らないだろうが」

「知ってるわ」

あたしは反射的に答えた。思わず高い声が出た。

「それならいい」

「よけいなおせっかいよ」

と、あたしは言った。森口のおっとりした顔が、みにくくゆがむのをあたしはそのとき見た。その瞬間から、突然、あたしは自分を自由だと感じた。

「森口くん」

と、あたしは彼に小声で言った。「あなたに話があるわ。今夜、お店がしまってからお風呂屋の前まできて」

森口は不思議そうにうなずいた。

その晩、店がしまると、あたしはすしをおごろうという客の誘いを断って、自分の部屋へ急いだ。あたしの借りている部屋の隣りにある銭湯の前に、森口の大きな影が立っていた。

「待った?」

「いや」

「あたしの部屋へいらっしゃい」

「いいのかい?」

「平気よ」

あたしは森口を自分の部屋へ連れて行った。それは初めての事だった。いつも岡田でさえも、銭湯の前あたりで追い返すのだった。

「せまい部屋でしょう」

「でも、女の人の部屋の感じがするな」

森口は壁際に脚を持てあますような姿勢で坐っていた。

あたしは部屋の明りを消した。隣りの銭湯から流れてくる橙色(だいだいいろ)の光が、あたしと森口を淡く照らした。

「あなたと寝るわ」

「え？」

あたしは黙って服を脱ぎ、森口に自分のほうから接吻した。彼はやがて男性になり、あたしたちは橙色の光線の縞の中で、短い時間体を合わせて男と女の行為をした。森口は不器用で大きく、岡田とはちがった形であたしを扱った。その晩、彼は夜明けにあたしの部屋を出て帰った。帰り際に、少し原のことを喋った。

「やつは参ってる」

と、彼は言った。「あのままでは、死んでしまうかも知れん」

「お医者には見せないの？」

「やつは絶対にいやだと言いはっているんだが、どうにも説得の仕様がないんでね」

そのうち見舞に行く、とあたしは言った。あの暑い日、ゆらゆらと揺れながら灼けた坂道の舗道を歩いて行く原の姿が頭にうかんだ。ドブ川に洗面器の中のものをあけた原の姿をあたしは思いうかべた。

「明日、行くわ」

と、あたしは言った。

「うむ。彼を説得できるのは、君だけかも知れん」

森口はその言葉をのこして夜明けの道路に出て行った。人通りの少い早朝だった。

翌日、あたしは原の部屋へ行った。森口は出かけて留守だった。原は部屋の窓ぎわに、毛布を一枚しいて寝そべっていた。ランニングシャツの下から、蒼黒(あおぐろ)いあばらが透けて見えた。

「どう？　具合は」

「べつに」

原はそっけなく答えると、あたしに何か愉快な冗談を言った。

「体の調子はどうなの？」

あたしは笑わずにきいた。

「どうかな」

「でも、喀血(かっけつ)したんでしょう」

「さあ」

「見たわ、こないだの晩」

「そうかい」

「何かあたしにできること、ある？」

「ないね」

「見せてあげる」

あたしは自分でも不思議なほど唐突にブラウスのボタンを外した。スカートを脱ぎ、スリップをおろし、パンティを取って、彼のよく見える場所に立った。原は、毛布の上に寝そべったまま、上体だけをおこしてあたしを眺めた。

「ぜんぶ見せてあげるわ」

あたしは言い、彼の目の前に、両脚をやや開いて横たわった。

「もういい」

と、原が疲れたような声で言った。「もういい。帰ってくれないか」

「また来るわ」

あたしは服を着ると、立ち上った。部屋を出るとき、壁際に、アルミニウムの洗面器がちらと視界の端をかすめた。

8

秋にはいった。原の体の具合いは不思議に好転したらしい。夜おそく、岡田や、森口たちと連れ立ってシャガールに現れるようになった。

岡田はあたしが森口と寝たことを知ってから、あたしに森口を愛しているのか、とたずねたことがあった。あたしはそうではない、と彼に答えた。それ以来、あたしは森口とも、岡田とも寝ていなかった。

十月の末のある晩、三人は閉店の間際にやってきて、ビールを注文した。

「めずらしいわね、あなたたちがビールを飲むなんて」

ママが不思議そうに言った。

「きょう森口のバイトの金がはいったんだ」と、岡田が言った。

「へえ。うんとはいったの？」

「かなりね」

森口がそう言って立ち上り、トイレットの方へ姿を消した。

「原ちゃん、体の調子どう？」

と、クジラさんが聞いた。

「良くなった」

原が答えた。

「そう。良かったわね。でも、余り飲んじゃ駄目よ」

「ああ」

原と、岡田はビールのグラスを合わせ、うまそうに一息で飲みほした。

「森口はどうしたんだろう」

「トイレよ」

「長すぎるじゃないか」

恵子が笑った。

「見てこようかな」

「おおい、森口！」

岡田が呼んだ。返事はなかった。

「どうしたんだ」

岡田が立ちあがったとき、トイレットのドアが開いて森口が姿を見せた。

「ママ」

と、彼は言った。「懐中電燈（かいちゅうでんとう）ある？」

「どうしたの？」

「落としたんだ」

「え？」

便所の中にきょうもらった給料を落としたんだ、と彼は言った。恵子とママが甲高（かんだか）い声で笑い出した。シャガールのトイレットは、その頃まだ水洗ではなかったのだった。

「懐中電燈はないけど――」

ママがロウソクを出して、笑いの止まらない声で言った。「これで探してみたら。ああ、いやだ」

「冗談じゃないぞ」

岡田が叫んだ。彼らは三人でトイレットの中へ姿を消した。

長い間、中で話し声や物音がしていた。そして、「しまった」などという叫び声がきこえてきたりした。

「いま何時?」

「十二時半よ」

「もう閉めるわ。看板を入れて」

「はい」

あたしたちは店を片づけ、帰る準備をした。トイレットの中の物音は、まだ続いていた。

「わたしが見てくるわ」

クジラさんが笑いながらトイレットの中へ入って行った。

「どれどれ」

ママも後をついて行った。それから三十分もたっただろうか。突然、トイレットの中から歓声がおこり、ママが鼻をつまんで飛び出してきた。クジラさんも、顔を真赤にして出てきた。

「取れた？」

「おかげさまで」

岡田と森口が姿を見せ、最後に原が竹の長い箸の先に、茶色の濡れた封筒を引っかけて現れた。

「いやだ」

恵子が悲鳴をあげて体をよけた。

「大丈夫だ。水でよく洗ってある」

原は生真面目な顔でその封筒を手でつまむと、中から濡れてべったりくっついた千円札を引き出した。一枚一枚それをはがして、カウンターの上に並べ出した。

「やめてよ、汚い」

「洗ったんだから大丈夫だ」

ママを押えて原は八枚の千円札を並べ終えると、カウンターの中から電熱器を取り出し、スイッチを入れた。

「手伝えよ。乾かすんだ」

原はあたしたちを見て言った。

「いくらもらっても、わたしはいや」

ネコが言った。

「あたしがやるわ」

と、あたしは言い、濡れた千円札を電熱器の上にかざした。

三十分ほどたって、八枚の千円札は表面が少し凸凹になったけど、どうやら乾いて元通りの形になった。

「ちょっと匂うな」

岡田が一枚を取ると鼻に近づけて言った。

「はい、これが今夜のビール代」

「いやねえ」

ママは千円札の端を指先でつまんで手提げ金庫の中へ入れ、つりを出した。

「おつかれさま」

恵子とクジラさんが大声で、店から出て行った。ママとネコと、そしてあたしと三人が残った。

「疲れたな」

と、原が言った。「もう一杯飲みたい」

「いいわよ」

ママが言った。「わたしも酔っぱらっちゃおうかな。紀子、飲もうか」

「いいわ」

その晩、あたしたちはウイスキーを何本か空け、朝方の六時ごろシャガールを出た。ママとネコは一緒に帰って行った。

あたしは三人の学生たちと、大声で歌いながら、スクラムを組んで人気のない商店街を歩いて行った。

こがね虫は　虫だ
金倉建てた　虫だ
なぜ虫だ
やっぱり　虫だ

朝日の光が射しはじめた商店街の裏通りで、あたしたちは輪になってぐるぐる回り、大声でシュプレヒコールをした。

「この中の誰か一人をあたしの部屋に泊めてあげる」

と、あたしは大声で言った。「その一人と寝てあげる。希望者は手をあげて」

「はーい」

三人が両手をあげて万歳をした。

「どうして決めるの?」

「あれをやろう!」

と岡田が叫んだ。「一列に並ぶんだ。遠くまで飛ばした奴がチャンピオンだ」

「よし」

三人は一列に並んで、ズボンのファスナーを開きはじめた。

「紀子は審判だ。公正に飛行距離を測定せよ」

「OK!」

あたしは三人の隊列の横に立って、ピストルをかまえる真似をした。三人はそれぞれ、自分の角度を決め、あたしの合図を待った。

「もっとビールを飲んどくんだった」

と、森口が呟いた。あたしは手をあげた。

「スリー、ツー、ワン、シュート!」

叫ぶと同時に、三条の金色の矢が朝の光の中にほとばしった。軽い音をたてて爽かな驟雨は舗道のアスファルトを濡らした。

「おれの勝ちだ」

原が言った。「見ろよ！　え？」

彼の股間から金色の橋が遠く、高くかかっていた。それは勢いに満ち、若々しく、形も端正で、キラキラと美しく光りながらほとばしっていた。

「ブラボー！」

あたしは手を叩いて原の頬に接吻した。

その朝、彼はあたしの部屋に泊り、熱い、骨張った体であたしを抱き、そして花のような大喀血をして、病院にかつぎこまれたのだった。

9

それから冬になった。あたしと岡田と森口の三人は、それぞれ仕事で得た収入の中から原の入院の費用を分担して作った。シャガールのママや、恵子や、クジラさんも毎月、カンパをしてくれた。ネコは新宿のやくざの情婦になり北陸の温泉に芸者に売られて行った。

あたしは、岡田と森口の二人の男とかわりばんこに寝ていた。原が欠けているということが、その中であたしたちが争ったり対立したりすることにブレーキをかけていたのだろう。あたしたちは、みんな仲よくやっていた。年が明けて、東京にはめずらしい大雪が降った朝、原が死んだ。

通夜の晩、ママがいちばん激しく泣いた。ママは原のことを愛していたのではなかったか、とあたしはそのとき考えた。

その年の冬は、長く居坐っていた。四月に入って、新学期が始まる頃でも、まだ寒かった。

あたしはすっかり学校と離れてしまっていた。クラスの友達とも、先生たちともちがう世界の住人になっていた。あたしは学校をあきらめ、或る人のすすめで銀座の名の通った酒場で働くようになった。

岡田は急に学生運動に関心を持ちはじめ、大学で自治会の委員に選ばれてからは、ほとんど会う機会がなくなってしまった。

森口はきちんと授業を受け、卒業後は商事会社に入社する準備にとりかかっていた。彼も、もうシャガールには姿を見せないらしかった。

あたしは銀座に勤めるようになってしばらくして、四谷のアパートに移った。今度は六畳と台所のついた部屋だった。

その年の五月一日に、あたしが新宿のデパートの前を歩いていると、メーデーのデモ隊がやってきた。その中にシャガールのママがいた。彼女はムギワラ帽にスラックスをはき、水筒を肩から斜めにつるして歌をうたいながらあたしの前を通過して行った。

世界をつなげ　花の輪に

と、ママは歌っていた。
その日、あたしはお店を休み、一晩中じっと部屋にこもっていた。ジンのストレートをコップで飲み、「こがね虫」の歌をくり返しうたった。

こがね虫は　虫だ
金倉建てた　虫だ
なぜ虫だ
やっぱり　虫だ

「やっぱり　虫だ――」

とうたっていると、不意に鼻の奥に、熱いものがこみあげてきた。あたしはその晩、催眠薬を少し飲み、毛布にくるまって独りで眠った。

それがあの、あたしたちの季節の終りだった。

## 10

電話が鳴っている。

達也にちがいないと、あたしは思う。だが出る気がしない。

あたしは暗いスナックの店のカウンターにぼんやりもたれて、外の強い風の音を聞いている。

また電話が鳴りだした。あたしは手をのばして受話器をあげる。

「もしもし――」

「ママかい?」

「ええ」

「どうしたんだい。変な天気になってきたし、早く帰ったほうがいいんじゃないのかな」

「帰るわ」

「じゃあね」

あたしはのろのろと立ち上って、最後の灯火を消した。まっ暗な店の中を手さぐりでドアの所へ行く。鍵をかけて、外へ出ると、激しい風に雨が混じっているらしかった。

あたしは大通りの方へ、雨風の中を揺れながら歩いて行く。

こがね虫は　虫だ
金倉建てた　虫だ
なぜ虫だ
やっぱり　虫だ

あたしの声は風に吹きちぎられて、散り散りになって消えて行く。すでに、そんな歌は時代おくれなのだ。それは過去の扉をノックする錆びたキー・ワードにすぎない。

達也は部屋であたしを待っている。だが、彼にはあたしのことはわかってもらえないだろう。彼とあたしとは、一緒に住んでいても、全く別な世界に生きている。

そして、あの、こがね虫たちの夜は、もう決して帰ってはこないのだ。人間はみんなそうなのかも知れない。

あたしは、しだいに強まる風雨の中を、明りの見える通りのほうへ、ゆっくり歩いて行った。なぜ虫だ、やっぱり虫だ、と小さく口の中で呟きながら。

# 揺り椅子

小沼　丹

**小沼　丹**　おぬま・たん

一九一八年（大正七）、東京市下谷区下谷町（現・台東区下谷）生まれ。早稲田大学文学部英文科卒業。一九三九年（昭和十四）、三鷹村牟礼に下宿して以来、武蔵野市で暮らす。戦後、早稲田大学文学部教授となる。「村のエトランジェ」「白孔雀のいるホテル」で芥川賞候補。師と仰ぐ井伏鱒二に影響を受けた、ユーモアとペーソスが漂う作品を発表する。一九九六年死去。没後も『小沼丹全集』（未知谷）や未収録作の刊行が続いている。

電車に乗って、ぼんやり吊皮に摑まっていて、大寺さんは妙な気がした。寝不足のせいか、何が妙なのか最初はよく判らなかったが、理由は直ぐに納得が行った。電車がいま迄と違う線路を走り出していて、その線路が次第に高くなる。いつの間にか、窓外に見えるのは屋根ばかりになった。中央線が高架線になることは、或は、なったことは大寺さんも知っていたが、乗ったのはその日が初めてだったから妙な気がしたものらしい。

――あれ、いつからこの電車、高いとこ走るようになったんだい？

――二、三日前からさ。

近くに立っている二人連の男がそんな話をしていた。二、三日前からと云う。もう二、三年も経つと、人は二、三十年も前から茲は高架線だったと思うかもしれない。

電車が阿佐ケ谷駅に停ったので、大寺さんは窓から見降した。広場があってバスを待つ人が何人かいる。そんな光景はいま迄見たことが無い。家の建込んだ一角には継足したらしい三階、四階の家があって大寺さんは吃驚した。四階の窓の外には洗濯ものが干してある。それから、正面に、屋根の連なる向うに、こんもり茂った樹立が見えた。その方角からすると、どうやらそれは神社の森らしい。その傍を通ったことは何度もあるのである。駅を出ると、間も無く左手にプウルが見える。大寺さんは長いこと中央線に乗っている。その間に、プウルの所有者も何度か変ったように思う。現在は或る大学のものになっているらしく、現にその学校の名前が大きく書いてある。大寺さんはプウルを見降した。人影は無い。

――あのプウルじゃよく泳いだよ。

大寺さんはちょっと驚いて、寝不足の頭を軽く左右に振った。それはTが云った言葉である。大寺さんはちゃんと憶(おぼ)えていた。しかし、随分と昔の話である。二十何年も昔のことだ、と大寺さんは思う。

――どうも妙なことだ……。

これ迄長いこと中央線に乗っていて、当然、長いことプウルを見て来たが、ついぞTのことなぞ想い浮べたことは無い。それが、この日初めて高い所からプウルを見降す恰好になったら、ひょっこり、Tが記憶に甦った。どう云うことなのか、さっぱり判らない。

大寺さんは頭のなかで地図を描いてみる。町の姿を想い浮べてみる。しかし、そこに出て来るのは昔の地図、昔の町の姿であって、現在の新宿駅附近を考えると途方に暮れる他は無い。大きな建物が矢鱈に建って、道が広くなって、どこにTが住んでいたのか見当も附かない。現に新宿駅ですら暫く乗降しない裡に、悉皆面目が改って大寺さんは出口を求めて間誤間誤したことがある。

しかし、昔の地図を辿ると、Tの住居に行着くことはさまで困難でない。尤も、最初はTに誘われて行ったのである。

多分、寒い日だったと思う。大寺さんは二、三の友人と一緒に初めてTの家に行った。みんな、或る大学の予科生だったから鞄や本を抱えていた。大寺さん達は、埃っぽい陸橋を渡って歩いて行った。陸橋の下には線路が幾条も並んでいて、白い煙を夥しく吐きながら、機関車が一台のろのろと動いていた。

――ちょいと待てよ、あの機関車がこの下を通る迄待ってろよ。

仲間の一人が提案した。

――何故だい？

――あの煙に包まれてみたいのさ。

――止せやい。

誰も賛成しなかったから、それは実現しなかった。その頃、最后の場面で女主人公が矢張り陸橋の上で煙に包まれる映画があったから、或はそれにかぶれたのかもしれない。

陸橋の上を京王電車が通っていた。それから、牛や馬の輓(ひ)く荷車も通った。だから、あちこちに牛や馬の糞が落ちていた。これは陸橋の上ではないが、大寺さんは荷車を輓く馬が歩きながら脱糞するのを見たことがある。馬がどんな心境なのか判らぬが、案外苦にはならないらしく、尻尾の根元を高く上げて、ぽこん、ぽこんと脱糞した。人間ではとてもこうは行かない、と大寺さんは感心した。

陸橋の先は、背の低い汚れた家並の続く電車通になっていて、Tの住居はその通を右に入った所にあった。近くに草が黄色に枯れた浄水場の土堤が見えた。

Tの住居と云う。しかし、実際は二軒長屋の一軒の階下を借りていたのである。三畳と四畳があって、どちらの部屋も薄暗かった。のみならず、たいへん寒かった。Tが火を熾(おこ)して小さな火鉢に炭を注いだが、そんなことでは一向に寒さは凌げない。四畳の部屋には小さな本箱と小さな机があって、机の上には紅いカアネイションが活けてあった。三畳の部屋には矢張り小さな食器戸棚があった。その他、何も無い。

そのとき、Tの薄暗い寒い部屋で何の話をしたか、大寺さんは一向に憶えていない。いや、一つだけ憶えている。

——早く齢を取りたいよ。

Tはそんなことを云った。或は、早く老人になりたいと云ったのだったかもしれない。

大寺さんばかりでなく、他の仲間も納得が行かない。理由を訊ねたが、Tは、ただ何となく……と答えたように思う。

Tはその階下に姉さんと二人で住んでいた。しかし、狭い玄関の上り口に女ものの靴が一、二足新聞紙の上に置いてあるのを除くと、Tの姉の存在を示すものは他に何も無かった。それに、大寺さんもTの姉さんに会ったことは一度も無い。どこかの女学校の事務員をしているとかで、大寺さんや友人達が訪ねたとき、家にいた例が無かった。尤も、訪ねたと云っても四、五回に過ぎない。

四、五回の裡には、無論、長閑（のどか）な日もあった筈である。しかし、どう云うものか、大寺さんの記憶に残るTの家はいつも寒い風に包まれている。陸橋からは黄色の埃が舞上り、通を紙屑が乾いた音を立てて飛んで行く。格子窓の前には、汚れた葉を持つひょろひょろの木が二、三本風に揺れ、その窓のなかの部屋はいつも暗く、寒い。或は、二階はもう少し明るかったかもしれない。大寺さんは二階のことは知らない。二階にはその家の持主が住んでいた――これは無論Tが教えて呉れたのである。

その家の持主を大寺さんは一度だけ見たことがある。まだ、陸橋を渡ってTの家に行かない頃、大寺さんはTから音楽会の切符を貰った。秋の夜だったことは判るが、会場がどこだったのか憶えていない。何でも巨きな樹立が立並んでいる暗い路を歩いて行くと、ぽっかり、明るく灯を点した白い会場があったことしか記憶に無い。

――いまいる所の主人が音楽家なんでね……。

Tは切符を呉れるとき、そう説明した。その他何も云わなかったから、大寺さんは、ピアノでも置いてある家にTはいるのだろうと思っていた。その家主の音楽家は子爵である、と聞いたのは、会場へ行く暗い路を歩いているときである。

――子爵？

――うん、いまは悉皆落魄れて貧乏しているらしいがね。

――ほんものかい？

――うん、とTは笑った。自分ではそう云ってるんだ。

音楽会はどこかの大学主催のもので、たいしたことは無かった。大寺さんが憶えているのは、たいへん真剣な顔附をした学生服を着たドラムの係が、ときどき、威勢良く立上るとドラムを叩いたり、シムバルを鳴らしたりしたことぐらいである。

休憩時間にTと二人で廊下に出ていると、Tは知人を見附けたらしく、そっちへ歩いて行く。大寺さんも何となくそっちを見た。少し離れた所に一人の男が立っていた。ちょっと気取った恰好でTと話している。痩せて髪を長く伸した中年男で、和服を着て白足袋を穿いている。手に太いパイプを持っていて、ときどきそのパイプを啣える。

Tは直ぐ戻って来た。

――あれがそうだよ。

大寺さんも、多分そうだろう、と思っていた。しかし、Tが、どうだ、如何にも音楽家らしいだろう？　と云ったときには大寺さんも返事に窮した。どこが音楽家らしいのか、よく判らなかったのである。

音楽会の帰り、大寺さんはTから、家主の音楽家は二階に住んでいて、T姉弟は階下の部屋を借りていると云う話を聞いた。音楽家と云う。しかし、どんなことをやっているのか、この点に就いてのTの知識は洵に心細かった。

――幾つなんだい？

――四十とか云ってたよ。まだ、独身なんだ。だから、姉が食事を作ってやってるんだ。

――ふうん。

大寺さんが友人と一緒にTの住居に初めて行ったのは、それから間も無くである。Tの所でTの姉さんを見掛けなかったと同様、落魄の子爵も見掛けたことは無い。

その頃、大寺さんはそこに三人の人間が住んでいると云うことしか知らなかった。しかし、その生活は、どう云うものか大寺さんの気に入った。埃っぽい陸橋を渡った先の寒寒とした家に落魄の子爵が住んでいる。姉と弟の二人に部屋を貸し、自分はその姉に食事を作って貰っている――そんなことが妙に大寺さんの関心を惹いたのである。

大寺さんの友人の一人が、或るときTを評して、淋しい男、と云ったことがある。Tはみんなと撞球場にも行ったし、プウルにも行った。トランプもやったし、一緒に談笑もした。しかし、大寺さんにはその友人の言葉が何となく判る気がした。殊にTを陸橋の先の家と結び附けると、如何にもそんな感じがした。

ところが、そのTが突然行方を晦ましたから、大寺さんは吃驚した。どうしてそんなことになったのか、さっぱり判らないが、一年から二年になってみたらTの姿は教場から消えていたのである。

――彼奴、どうしたんだろう？

と云う訳で、一度、大寺さんは友人と二人で陸橋を渡って様子を見に行った。新緑の頃だったから、ひょろひょろの木も若葉を附けていた筈だが、一向にそんな記憶は甦らない。家の前迄行って、大寺さんと友人は呆気に取られた。家主の音楽家の表札はあったが、その下にあった筈のTの表札は失くなっていた。戸を叩いたり声を掛けたりしたが、誰も出て来ない。仕方が無いから隣で訊こうと思ったところが、莫迦に耳の遠い婆さんがいるばかりで、一向に要領を得なかった。

——怪訝しな奴だな、どこへ消えたんだろう？

大寺さんと友人は釈然としない儘引返した。それから、Tがいなくなると、今度の競泳は混戦になるな、なんて話し合った。

大寺さんがTと親しくなったのは、何か切掛があって、一緒に神宮プウルや芝プウルに泳ぎに行ったからである。芝プウルの方は大抵閑散としていたから、五、六人の仲間で行って競泳をやるには都合が好かった。しかし、自由型では誰もTに勝てなかった。

泳ぎ疲れてプウルサイドに休息していると、四囲の暑い緑の樹立で蟬が鳴く。そんなとき、Tは珍しく得意そうに、

——俺に勝とうなんて無理だよ。

と威張ったりした。そう云うTにはちょっと愛嬌があった。

尤も、大寺さんには、その后再びプウルに行った記憶が無い。Tがいなくなって団栗の背較べで面白くなくなったのか、それともわざわざプウルに行くのが莫迦らしいと云う気になったのか——恐らく、その両方だったのだろうと思う。

Tが消えてしまうと、Tのことも自然と忘れてしまう。Tは過去の人になって、大寺さんは想い出すことも滅多に無かった。その忘れてしまったTに、大寺さんはひょっこり出

会わした。三、四年経った或る晩のことである。

そのとき、大寺さんは新宿の賑かな通を歩いていて、烟草を買おうと思った。一軒本屋があって、その一隅が烟草屋になっている。烟草を買おうとした大寺さんは、本屋の入口近くで雑誌を立読みしている男を見て、はてな？　と思った。念のため二、三度確めてから無賃読書に熱中している男の肩を叩いた。

その男は振返ると、大寺さんを見て訝し気な顔をした。しかし、次の瞬間、何だか大きな声を出して大寺さんの肩を抱いた。周囲の人が驚いて振向いたほど大きな声を出した。

——暫くだな。

大寺さんもTも、適当に感情を表現する言葉が見附からなかった。それから二人は、並んで歩き出した。尤も、歩道はひどく混雑していたから、並んで歩くのも容易でなかった。

——いまどうしてるんだい？

——いまか……。

Tがちょっと口籠ったので、大寺さんは話したくないのだろうと思った。大寺さんはもう大学生になっていた。しかし、Tは見たところ学生服は着ているが見当が附かない。大寺さんとTは賑かな通を右に折れて、四つ角にある一軒のビヤホオルに這入ることにした。

ところが、ビヤホオルにはビイルが売切で無いと云う。仕方が無いから、酒を飲むことにした。見ると、閑散とした店に疎らに坐っている客は何れも酒を飲んでいる。

卓子に向い合って坐ると、Tは漸く大寺さんの先刻の質問に答を出した。何でも、或る区役所の土木課と云う所に勤めていて、土方相手の仕事をしていると云う。

——面白いかい？

——まあまあだね。それから、夜学に行ってるよ。尤も、今夜はさぼっちゃったが……。

その夜学を出ると、技手だかそれに近いものに昇進出来るらしかった。大寺さんは、文科にいたTが理科系の夜学に行っているのを意外に思った。

給仕が酒を持って来たので大寺さんはTに注いでやった。次に自分の盃に注ごうとすると、Tが狼狽てて銚子を取上げた。それが少しばかり儀礼的な感じがして、大寺さんはそこに三、四年の空白の距離を感じた。しかし、Tは昔の仲間に会ったことを喜んでいるらしく、終始、笑を浮べていた。

——何年振りかな？

——四年ぶりだよ。

Tは直ぐそう応じた。大寺さんは烟草を買うのを忘れてしまったので、Tの烟草を貰って喫んだ。話を聞いてみると、Tは目下、友人もいないらしかった。

――俺の所でビイル飲んだこともあったっけな。

――うん、あったな。

何度目かにTの所に行ったとき、ビイルを飲むことにして、みんなで表の電車通にある酒屋に行った。そこでビイルを何本か買って持って帰ろうとしたら、一人が瓶を一本落して割った。大きな音がして道にビイルが威勢良く流れると、辺りが矢鱈にビイル臭くなった。ビイルの香がそんなに強いものとは、大寺さんもそれ迄知らなかった。ちょうど、労働者風の男が通り掛って、鼻をひくひくさせると笑いながら、

――罪な真似は止して呉れよ。

と云ったりした。そんなことも想い出した。

――いまはどこにいるんだい？

訊いてみると、Tは相変らず新宿の近くに住んでいた。尤も、今度は甲州街道沿の所ではなくて、荻窪行の西武電車の通る青梅街道沿の所らしかった。或は、もう西武電車とは云わなくなっていたかもしれない。

――矢張り、姉さんと一緒かい？

――いや、姉は郷里に帰ったよ。実は、俺も二年ばかり郷里に帰っていたんだ。

何故帰ったのか理由は云わなかった。Tの郷里がどこか大寺さんは忘れてしまった。東

京より北か南か——多分少し北の方だったと思うが、それはどっちでも宜しい。大寺さんはただ、暫く会わない裡にTの生活にもいろいろのことがあったのだろうと思った。同時に、埃っぽい陸橋とその先の暗い寒い家を想い浮べて、何やら遠い昔のような気がした。一体、何があったと云うのだろう？　話が途切れたから、大寺さんは酒を注文して、傍のゴムの木の葉を弄んだ。

——郷里で子供を産んだんだ……。

突然Tがそんなことを云ったから、大寺さんは吃驚した。それからやっと、Tの姉さんが郷里へ帰って子供を産んだと判った。その相手は——Tははっきり云わなかったが、大寺さんには落魄の子爵らしいと合点が行った。

——つまらない話をしたな。

Tは苦笑した。大寺さんには、つまらないかどうか判断が附きかねた。その替り、前にTがよく陸橋の上に立ってみることがあると云ったのを想い出した。何でも陸橋の上に立ってぼんやりしていると、電車や汽車が往ったり来たりする。それを長いこと見ている。夕暮になると信号燈の灯が明るくなる。貨車の後尾燈の赤い灯が遠ざかったりする……。何故Tが陸橋の上に立ってみたりするのか、その頃、大寺さんには納得が行かなかった。それから、Tが早く齢を取りたいと云ったことも想い出した。これも納得が行かなかった。

淋しい男の好みだと思っていたかもしれない。

しかし、Tの姉さんに関する話を聞いたら、大寺さんは寒い風に包まれたその家の三人の生活が、何だか判ったような気がした。同時に、突然Tが姿を消した理由も判ったような気がした。或はその頃、Tには誰にも判らぬ屈託があって、疲れていたのかもしれない。

Tはしかし、そんな話をしたことを後悔したのかもしれない。役所の話を始めた。勤務先は杉並区役所だから、新宿から青梅街道を電車に乗って行くと至極便利だと云う。

——役所のプウルがあるんだ。とTは嬉しそうな顔をした。役所の者は只だから、大分利用したよ。阿佐ヶ谷の駅の傍の……。

——あれなら知ってる。

——あのプウルじゃよく泳いだよ。

そのプウルは、大寺さんも電車の窓から見て知っているのである。

店のなかに客が殆どいなくなったので、大寺さん達も出ることにした。出る前に、大寺さんは訊いてみた。

——あの子爵か何か、いまどうしているんだい？

——さあ、とTは考え深そうな顔をした。いまでもあそこにいるんだろう。

勘定はTが払った。素早く伝票を取上げると、何のためか胸を叩いて、俺に払わせて呉れ、と云ったのである。外に出ると冷やかな秋の風が吹いて、屋台の玉蜀黍を焼く匂がした。二人は人影疎らな暗い道を歩いて駅前迄行った。それから、信号の灯が青から黄に、赤に変るのを、五、六回眺めた。しかし、他に行く所も無い。あっても、話すことはもう無いだろう。二人は改札口の方に歩いて行った。

改札口の左手に売店があって、赤い網袋に入った柿が幾つも吊してある。光線の加減か妙に美しく見える。大寺さんは、綺麗だな、と独言を云った。ところが改札口迄行ったら、Tがいない。あちこち見廻していたら、Tがとことこやって来て、手に持っていた柿の袋を大寺さんに差出した。

——持ってけよ。

どうして？　と云い掛けて大寺さんは言葉が出なかった。黙って柿を受取った。それから、袋の口を開いてTに二つ渡した。袋のなかにはまだ三つある。

——俺は省線に乗らないから、茲から歩いて帰るよ。じゃ是非また会おう。

Tは大寺さんに背を向けると歩き出した。大寺さんは、ぺちゃんこの下駄を穿いて歩いて行くTの後姿をちょっと見ていた。柿を入れたらしくポケットが脹れている。何故、柿なんか買って呉れようとするのか？　淋し過ぎる。大寺さんは何となく溜息でもつきたい気がした。

大寺さんは、Tの二度目の下宿を訪ねたことが一度だけある。新宿で偶然会ってから数ヶ月経った頃——翌年の二月頃だったと思う。大寺さんはTの呉れた端書(はがき)の地図を頼りに出掛けて行った。是非また会おう、と云ったが、大寺さんはその后Tに会っていなかった。二、三度端書を交換したに過ぎない。夜学が面白くないから大抵家にいる、とTは書いていた。大寺さんは、その翌日昔の仲間が集るので、その会にTも招(よ)ぼうと思って出向いたのである。

南風の吹く雨上りの夜で、暗い路にはあちこち水溜が出来ていて、街燈の灯を映したりしていた。まだ九時頃だったが、家並はひっそり眠っているらしかった。だから、道を訊く訳にも行かない。大寺さんは家を探すには全く自信が無いから、街燈の下に来る度に、Tの端書の地図を見て確めながら歩いて行った。にも拘らず、大寺さんは路を間違えた。突然、地図に無い坂が現れて、坂の途中にはこれから家でも建つらしい空地がある。空地の傍には、大谷石(おおやいし)が沢山積んであった。

大寺さんはがっかりした。しかし雨后の南風は大寺さんを好い気分にしていたので、大寺さんは折角だからその石の上で休ませて貰うことにした。少し先に街燈が一本立っているだけで、他に灯影は見当らない。坂の下の方には黒い樹立が連っていて、その先が明るいのは新宿の灯らしい。空には雲が疾く流れ、月があるらしく、雲の切目が白く光っている。

——警官でも来ないかな。

大寺さんは期待した。前に一度、酒に酔って路傍で一服していたら、警官に不審訊問された。妙な警官で、月給が安くて遣切（やりき）れぬと大寺さんにこぼした。面白がって友人に話したら、そんな警官がいる筈が無いと誰も信用しなかった。しかし、このときは大寺さんの期待に反して警官は現れなかった。誰一人通らなかった。仕方が無い、大寺さんは烟草を一本喫むと立上り、自分でその家を探すべく引返すことにした。触ってみると、外套の尻の所が大分湿っぽくなっている。

何遍か迷って、やっとそれらしい家に辿り着いた大寺さんは、マッチを擦って表札を確めた。Tのいる家に間違無かった。何故そんなことになったのか判らないが、大寺さんは地図に書いてある路の三倍以上の距離を歩き廻ったらしかった。

大寺さんは入口の硝子張りの格子戸に手を掛けた。

大寺さんは吃驚した。別に力をこめた訳では無い、しかし、格子戸は矢鱈に威勢の好い音を立てて、一杯に開いてしまった。

——今晩は。

大寺さんは声を掛けた。同時に気が附いた。何と美しい月光であろうか……。戸を開けると直ぐ土間があって、狭い所に自転車や靴や下駄が散らかっている。のみならず、大きな林檎箱が二つ三つ積んである。だから、大寺さんは入口から首だけ突込んでいる。左手は壁、右手は障子、突当りは壁に丸い硝子窓が切ってある。その正面の硝子窓が美しい青い月光を映していて、そのせいか、乱雑な土間も何やら物語めいて見えるのである。

大寺さんは、その月光を鑑賞した。ところが、肝腎の返事の方が一向に聞えない。大寺さんは些か不安になった。そこで一段と大きな声を掛けた。

——御免下さい、今晩は。

それから、これは何か童謡の文句のようだと思った。その文句は青い月光とよく釣合う気がして、大寺さんは悪い気がしなかったが、依然として何の応答も無い。そのとき、大寺さんの耳は微かな響を捉えた。しかし、ひと度捉えると、微かどころではない。相当の鼾だと判明した。波の引いては寄せるような鼾を聞いている裡に、大寺さんは硝子窓に映る月光が、実は月光には非ずして青電球の光なのに気が附いた。

——何と云うことだろう。

大寺さんは自分に呆れた。たいへん現実的になった大寺さんは、更に四、五遍呼んでみたが結果は変らなかった。聞えるのは鼾ばかりで、鼾はときに岩に砕ける大波のような音迄立てる。Tの名前を直接呼んでみたが、これも何にもならない。

大寺さんは諦めることにして、手帖の紙を千切ると青電球の光を頼りに簡単に要旨を記した。それから、その紙片を上り口の狭い板縁の上に載せて効果を考えた。

――直ぐに眼に附くだろう。

大寺さんはそっと戸を閉めると、南風の吹く暗い路を引返した。

……次の日の夜、Tは到頭会に姿を見せなかった。

何処か判らないが矢鱈に人が沢山いて、それが動いて行く。その雑沓に大寺さんも巻込まれて一緒に動いて行くと、視線の隅に引掛った顔がある。Tじゃないかしらん？　大寺さんは人混みを分けてその男の前に行った。

――Tじゃないか、暫くだな。

――いいえ、違います、とその男が笑った。息子が中学の試験を受けるので随いて行く所です。

成程、見ると、その男とそっくりの男の子がいた。しかし、何だか変な返事だと大寺さんは思う。それにしても、確かにTの筈だが……と思った所で眼が醒めた。

大寺さんは起き出すと、狭い庭の見える揺り椅子に坐ってぼんやり烟草を喫んだ。庭の柿の木に実が沢山附いて陽を浴びている。それを見ながら、妙なことだと思った。高い所から阿佐ヶ谷のプゥルを見降したのは、その前日である。勤務先の学校に行くために電車に乗っていた。そのとき想い出したTの夢を早速見たから、大寺さんは妙な気がしたのである。そんなことは、普段滅多に無い。

——遠い昔のことだ。

と大寺さんは思った。何だか揺り椅子を揺する度に、昔に戻る気がする。大寺さんは秋の夜新宿でTに会ってから、その后一度もTを見ていない。Tが生きているかどうかも知らない。知っているのは、Tが兵隊になったと云うことだけである。

……Tは大寺さんが誘った会に来なかった。大寺さんは置いて来た紙片が見附からなかったのだろう、と思った。ところがその晩、会から帰ってみると、Tから速達が届いていた。召集令状が来たので今日郷里に帰らねばならない。昨夜は役所の人達が壮行会をして呉れたので留守にして失敬した。何でもそんな意味のことが書いてあった。

Tに関する記憶は茲で切れてしまう。二十数年前のことである。だから、早く齢を取りたいと云ったTも、大寺さんの記憶のなかでは昔の儘のTである。大寺さんはTを想い浮べた。Tは新宿で会ったときと同じ恰好をしていた。ぺちゃんこの下駄を穿いてポケットを脹らませて歩いている。どこに行くのか？　大寺さんは知らない。Tはどんどん歩いて行って、やがて姿を消してしまう。どこに消えたのか？　大寺さんには判らない。揺り椅子に坐って、大寺さんは庭の柿を長いこと見ていた。

# 阿佐ヶ谷会

井伏鱒二

**井伏鱒二**　いぶせ・ますじ

一八九八年（明治三十一）、広島県深安郡（現・福山市）生まれ。早稲田大学文学部仏文科中退後、同人誌『世紀』に参加。一九二七年（昭和二）から亡くなるまで荻窪に住み、中央線在住の作家と交流、「阿佐ヶ谷会」の中心となる。『荻窪風土記』は貴重な記録である。一九二九年（昭和四）、『文芸都市』に「山椒魚」を発表。一九三八年（昭和十三）、『ジョン万次郎漂流記』で直木賞を受賞。以後、『本日休診』『黒い雨』などを発表。一九九三年死去。

私は友達がなくてはやりきれない。疎開中、三箇月も四箇月も誰にも友達に会わないでいて、つくづく友達ほしさに悩んだ経験がある。もうこのさき友達には誰にも会えないのではないかという不安を感じていた。玉砕戦が頻発していた当時のことである。

このごろは、私も毎月一回「阿佐ヶ谷会」という友達会に出かけ、友達ほしさの気持を満足させている。以前、これは町内づきあいの将棋会であったのが、将棋の出来ない会員が増したので、将棋の会としては有名無実の集まりになってしまった。最初のころも、将棋を全然しらない青柳瑞穂君や外村君が出席して、この二人は棋戦が終ると講評をする慣わしになっていた。将棋会としては可成りいかがわしいものであった。将棋が終ったころ出席する人もあった。将棋に敗ける弱い人は、みんなから拍手をもって迎えられていた。あっさり敗けてくれるからである。亀井君や中村君などは拍手をもって迎えられていた。優勝する人は、たいてい上林君か木山捷平君であった。

この会は大戦争中に立ち消えになって、敗戦後しばらくしてから復活した。このごろは将棋は一さい抜きにして、たとえば出版記念会の二次会といったような様子の会になって来た。会場は、阿佐ヶ谷の青柳邸の離れ六畳間と四畳半の二部屋だが、それでも狭苦しくないほどの人数である。幹事は二名ずつ順番に担当することになっている。煮炊きや給仕などの雑用は、高円寺に店を持っている中老の婦人と、阿佐ヶ谷に店を持っている出戻りの中年の婦人が引受けてくれる。私はこの会に行くのが楽しみである。先日も青柳君に「今月は、阿佐ヶ谷会の別冊号を出さないか。つまり二度やるのだ」と云って笑われた。

私は人とつきあってぎこちない。私の友人であった故青木南八は、青年時代の私を「……人まじはりに愚かなる彼や」という一首の短歌で描写した。変な男だという意味だろう。私のうちのすぐ裏手に、玉のような人格者といわれている片山敏彦氏のうちがある。もう二十何年も前から私はすぐ近くに住みながら、道で片山さんに会うと目を伏せて通りすぎる。一度も口をきいたことがない。先方も目を反らして通りすぎる。しかし私のうちの女房子供は、片山さんの坊ちゃん奥さんにすっかり馴れている。先日もうちの小さい子供が、片山さんの奥さん坊ちゃんに連れられて映画を見に行った。それでも私は、どうも片山さんに口をきくのが難しい。

# 寒鮒

上林暁

**上林　暁**　かんばやし・あかつき

一九〇二年（明治三十五）、高知県幡多郡田ノ口村（現・黒潮町）生まれ。東京帝国大学文学部英文科卒業後、改造社入社。一九三二年（昭和七）、『新潮』に「薔薇盗人」を発表し、新進作家として認められる。その後、文筆生活に入り、一九三六年（昭和十一）に杉並区天沼に転居。亡くなるまでこの家で暮らす。神経を病んだ妻を描いた「聖ヨハネ病院にて」、脳溢血発病後、口述筆記で書いた「白い屋形船」など私小説を書き続けた。一九八〇年死去。

火鉢に炭をつぎ足して仕事をつづけようとすると、玄関の戸がそろっと明いて、

「ごめん下さい。どうもありがとうございました。」

と、遠慮深そうな声がする。勝部氏だなと思いながら出てゆくと、案の定外套の襟に顔を埋めた勝部氏が立っていて、二三日前持って行った雑誌を返しながら、

「いま鮒が煮えています。一杯やりに行きませんか。」

と、いきなり促すのだ。言わぬ先からもう私が出かけるものと独り決めしている親身な調子だったから、夜分殆ど外出しない私もつい誘いに乗って、

「ええと、いま何時頃か知ら。」と言ってしまった。

「まだ九時を過ぎたばかりですよ。なにか仕事でもやっていられますか。」

もはや最初の誘いにひっかかっていた私は、締切の迫った原稿がありながら、易々と、

「いや、何もやっていません。」と成行きに任せてしまった。

「じゃア、一時間ばかり行きませんか。」

そこで私は勝部氏と肩をならべ、大寒に入ったばかりの凍る夜道を寒鮒食べに出かけて

行った。勝部氏は、去年の暮、家をたたんで、荻窪駅近くの秩父荘という旅館兼下宿屋の一室に、家政女学校へ通っている十五になる娘と二人きりで暮しているということであった。私が雑誌記者をしていた時分、独逸文学の紹介を二三度書いてもらってからの知合いだったが、この五六年会う機会もなくていたところ、今年になってから突然勝部氏の来訪を受け、それ以来旧交を温めることとなったのである。初めての日、話の合い間に、勝部氏は頰を撫でながら、「少し陽焼けしてるでしょう、昨日釣堀へ鮒を釣りに行って来たんですよ。二三日したら骨も食べられるようになるから御馳走しますよ。」と言って、釣好きらしい話だったが、今夜その鮒を私に御馳走しようと言うのだ。

「僕は原稿書いていて熱中して来ると、心臓が突然ドキドキとして、それから一分間ばかり心臓が停止して、うしろへ引っくりかえるんですよ。」と歩きながら勝部氏が言った。

「そりゃ危いですね、用心しなくちゃ。」

「医者に見せると、ひどい神経衰弱だそうですよ。それで釣をはじめたんです。」

「魚も食べられて一挙両得ですな。」と私は笑ったが、ふと、勝部氏の心臓が停ってひっくりかえったとき、十五の娘の驚きと心細さはどんなだろうと思うと、胸の切ない気持だった。家をたたむのはこれで三度目だと言っていたが、奥様は死んだのだろうか、それとも別れたのだろうか。尤も、去年の暮家をたたんだのは、簞笥の中のものをありったけ女中に持ち逃げされたからだと言っていたが、それにしても、どうして娘と二人きりで下宿住いをするのか、私はよっぽど尋ねて見たかったけれど、もし尋ねて、痛む疵に触れることでもあっては心にもないことだと思ったので、口まで出かかるのを押し殺した。勝部氏は医者になるつもりで、高等学校の三部へ入ったけれど、対校野球試合の時、応援団の乱闘が始まって、右の瞼に石を受け、内出血のため顕微鏡を見ることが出来なくなったので、志を変じて独文科へ入ったのだそうだ。勝部氏が、小指の伸びた爪で指し示すところを見ると、瞼には、まだその時の疵痕が残っている。昔の友人には、もう大病院の院長になっているひともあるというのに、娘と二人で下宿住いをする勝部氏には、なにか淋しい影が感じられた。

荻窪駅の前を過ぎると、空地には大きな天幕小屋で、曲馬団がかかっていた。もう刎ねていて、天幕は暗く閉まり、小屋の前の天幕の厩（うまや）には、十頭ばかりの馬が繫がれ、荒い縞の毛布を背なかに巻いたきりで、静かにうなだれていた。中に、一頭、白いのが目立った。「馬も可哀そうに。」と通りがかりの女達が話し合って行った。霜夜に、芸に疲れた馬は、身動きもせずに佇んでいるのだ。

「刎（は）ねたあとというものは一種の感じがありますね。」と勝部氏が言った。

それに応ずるように私は言った。

「結局人を感動させるものは、あんまり輝き渡ったものより、うらぶれたものにありますね。」

そこを過ぎると、左手に薬屋があって、その横丁の奥に、旅館兼下宿秩父荘という灯が、黄色く見えた。まだ新しい建物だった。

薄暗い玄関で、勝部氏の取ってくれるスリッパをひっかけ、天井の高い、狭い廊下を、曲り曲って私は従いて行った。勝部氏の部屋は奥まった一室で、廊下から少しひっ込んでいた。先に立った勝部氏は、ドアをあけたかと思うと、

「ああ、好い匂いがしてるな。」と、鼻を鳴らせながら呟いた。いかにも満足したらしい呟きであった。室の中に一歩踏み入ると、温いむっとした煮魚の匂いが立ち罩めていた。勝部氏の愛好する寒餠は、火鉢にかけた小さな鍋のなかで、ぐつぐつ煮えていた。八畳ぐらいの部屋で、入口に近く蒲団を敷いて、枕の上に読みさしの少女物語が開いてあった。今まで娘さんが寝ていたらしい気配なのに、姿はどこにも見えなかった。

「子供さんはどうしたんですか。」と、私は坐りながら訊いてみた。私がここに来るについて一番気がかりになっていたのは娘さんのことで、しかもその娘さんの姿が見えないので、私はなんだか不安だったのだ。

「お風呂でしょう。」と、勝部氏は埋火を熾しながら答えた。

「ああ、そうですか。」と、私はほっとした気持になって、「ここのうちに風呂があるんですね」

と言いながら、はじめてあたりを見廻した。親子二人の机が仲好く並び、勝部氏の机の上には、独逸語の本や原稿用紙が載っており、娘さんの机の上には、教科書が揃えてあった。円い食卓の上には、コップや醤油差しや珈琲茶碗や、そのほか食事道具が入り乱れていた。

勝部氏は鮒の鍋をおろし、蛇がとぐろを巻いたような恰好の火燗徳利へ、一升罎の酒をうつし、それを火鉢の上にかけた。私は包装もまだ新しい一升罎を見ながら、

「大きなやつを備えてるじゃありませんか。」と言って笑った。

「ええ、毎朝コップに一杯、仕事をはじめるときにまた一杯飲むんです。——さア、鮒を食べて下さい。」と言って、勝部氏は割箸と、皿代りに茶碗の蓋を私に渡した。

「じゃア、一つ御馳走になりますかな。」と言いながら、私は鍋の中の鮒を茶碗の蓋に取って食べた。骨も軟く、はらわたはほろ苦かった。

「なかなかおいしいですね。」と言うと、

「釣って来て二三日水に泳がせて、なにもかにも腹のものを吐き出させてしまうんです。それから軽く焼いて乾すんです。それを水で煮て——鍋がひっつくまで三遍煮て、それか

ら砂糖を少しと醬油を入れて本当に煮るんです。そうしたら骨まで食べられるんです。」と語りながら、勝部氏は燗のついた酒を注いでくれた。私はからだが悪くて、酒をやめているけれど一杯だけ飲むことにした。火燗徳利の口は小さくて、硯の水差しのように酒が細く流れ出た。私は啜るように飲み、勝部氏は茶呑茶碗に注いでは、キュッキュッと飲みほした。

「僕はあんまりあなたと深く附き合ったことはなかったんですが、寒餠で、火燗徳利の酒を飲んでるとあなたがよく判りましたよ。」と私が言うと、

「判りましたか。」と、眼尻に皺を寄せて笑いながら、勝部氏は酒を含んだ。

そのときコツコツとドアを叩くものがあった。娘さんがかえったのかと思っていると、

「オーイ」と勝部氏が答えた。

ドアをあけたのは若い女中だった。

「今晩は駄目だよ。お客さんだからな。明日の晩にしてくれ。」と、女中が何も言わぬ先に、勝部氏が言うと、女中はまたドアを静かに閉めて、出て行った。

「どうしたんですか。」と解せぬ顔で私が尋ねると、

「いや。なんでもないんですよ。あの女中がね、小学校も卒業してないというものだから、毎晩本を教えてるんですよ。十八だそうですがね。」

「勿論只でしょうね。」

「只ですとも。」

「それは、教える者も、習う者も、感心ですね。」

「今、小学校三年の本を教えてるんです。」

私はなにか考えさせられながら、盃を取って、残りの滴を飲みほした。

「熱心でしょうね。」

「熱心ですよ。」

「今夜はがっかりしたでしょう。」

と言ってるところへ、またドアがあいて、前髪をきれいに切った湯上りの娘さんが、明るい顔で入って来た。

私がふり向いて、「今晩は」と言うと、少女は片膝ついて、ニッコリ笑いながらお辞儀をした。それから壁にかかった円い鏡に向って、顔や手に化粧水を塗りながら、鏡の中から勝部氏に向って、「鍋に水差しといたけれど……」と言った。

「うん、汁がふえてると思った。」と勝部氏が答えた。

少女は食卓のそばで、冷めたお茶を一杯ゴクリと飲むと、すぐ床の中に入った。本を読んでるようであったが、私と勝部氏とが食卓の上で将棋を指しはじめると間もなく、健やかな寝息がスウスウと聞えはじめた。指し手の合い間に、私はちらりとうしろを振りかえった。私の背中のすぐ後で、少女は高い枕に顔をのせ、白い歯を少し出して、無心に眠っていた。

静かな夜で、遠くを支那そばやのチャルメラが通って行った。私たちは二番、将棋をさした。二番とも私が勝った。

# 心願の国

原　民喜

**原　民喜**　はら・たみき

一九〇五年（明治三十八）、広島市幟町（現・中区幟町）生まれ。小学六年のとき家庭内同人誌を創刊して以来、小説や詩を書く。慶應義塾大学文学部英文科卒業後、『三田文学』に寄稿。一九四四年（昭和十九）、妻貞恵が死去。翌年、広島に疎開し原爆に遭う。その状況を記した記録をもとに「夏の花」を執筆。戦後、上京して中野や吉祥寺に住む。一九五一年、中央線の西荻窪・吉祥寺間の線路上に身を横たえ、自死。

〈一九五一年　武蔵野（むさしの）市〉

夜あけ近く、僕は寝床のなかで小鳥の啼声（なきごえ）をきいている。あれは今、この部屋の屋根の上で、僕にむかって啼いているのだ。含み声の優しい鋭い抑揚は美しい予感にふるえているのだ。小鳥たちは時間のなかでも最も微妙な時間を感じとり、それを無邪気に合図しあっているのだろうか。僕は寝床のなかで、くすりと笑う。今にも僕はあの小鳥たちの言葉がわかりそうなのだ。そうだ、もう少しで、もう少しで僕にはあれがわかるかもしれない。……僕がこんど小鳥に生れかわって、小鳥たちの国へ訪ねて行ったとしたら、僕は小鳥たちから、どんな風に迎えられるのだろうか。その時も、僕は幼稚園にはじめて連れて行かれた内気な子供のように、隅っこで指を嚙（か）んでいるのだろうか。それとも、世に拗（す）ねた詩人の憂鬱（ゆううつ）な眼（まな）ざしで、あたりをじっと見まわそうとするのだろうか。だが、駄目なんだ。そんなことをしようたって、僕はもう小鳥に生れかわっている。ふと僕は湖水のほとりの森の径（みち）で、今は小鳥になっている僕の親しかった者たちと大勢出あう。

「おや、あなたも……」

「あ、君もいたのだね」

寝床のなかで、何かに魅せられたように、僕はこの世ならぬものを考え耽っている。僕に親しかったものは、僕から亡び去ることはあるまい。死が僕を攫って行く瞬間まで、僕は小鳥のように素直に生きていたいのだが……。

今でも、僕の存在はこなごなに粉砕され、はてしらぬところへ押流されているのだろうか。僕がこの下宿へ移ってからもう一年になるのだが、人間の孤絶感も僕にとっては殆ど底をついてしまったのではないか。僕にはもうこの世で、とりすがれる一つかみの藁屑もない。だから、僕には僕の上にさりげなく覆いかぶさる夜空の星々や、僕とはなれて地上に立っている樹木の姿が、だんだん僕の位置と接近して、やがて僕と入替ってしまいそうなのだ。どんなに僕が今、零落した男であろうと、どんなに僕の核心が冷えきっていようと、あの星々や樹木たちは、もっと、はてしらぬものを湛えて、毅然としているのではないか。……僕は自分の星を見つけてしまった。ある夜、吉祥寺駅から下宿までの暗い路上で、ふと頭上の星空を振仰いだとたん、無数の星のなかから、たった一つだけ僕の眼に沁み、僕にむかって頷いてくれる星があったのだ。それはどういう意味なのだろうか。だが、僕には意味を考える前に大きな感動が僕の眼を熱くしてしまったのだ。

孤絶は空気のなかに溶け込んでしまっているようだ。眼のなかに塵が入って睫毛に涙がたまっていたお前……。指にたった、ささくれを針のさきで、ほぐしてくれた母。……些細な、あまりにも些細な出来事が、誰もいない時期になって、ぽっかりと僕のなかに浮上ってくる。……僕はある朝、歯の夢をみていた。夢のなかで死んだお前が現れて来た。

「どこが痛いの」

と、お前は指さきで無造作に僕の歯をくるりと撫でた。その指の感触で目がさめ、僕の歯の痛みはとれていたのだ。

うとうとと睡りかかった僕の頭が、一瞬電撃を受けて、ジーンと爆発する。がくんと全身が痙攣した後、後は何ごともない静けさなのだ。僕は眼をみひらいて自分の感覚をしらべてみる。どこにも異状はなさそうなのだ。それだのに、さっき、さきほどはどうして、僕の意志を無視して僕を爆発させたのだろうか。あれはどこから来る。あれはどこから来るのだ？　だが、僕にはよくわからない。……僕のこの世でなしとげなかった無数のものが、僕のなかに鬱積して爆発するのだろうか。それとも、あの原爆の朝の一瞬の記憶が、今になって僕に飛びかかってくるのだろうか。僕にはよくわからない。僕は広島の惨劇のなかでは、精神に何の異状もなかったとおもう。だが、あの時の衝撃が、僕や僕と同じ被害者たちを、いつかは発狂させようと、つねにどこかから覘っているのであろうか。

ふと僕はねむれない寝床で、地球を想像する。夜の冷たさはぞくぞくと僕の寝床に侵入してくる。僕の身躰、僕の存在、僕の核心、どうして僕は今こんなに冷えきっているのか。僕は僕を生存させている地球に呼びかけてみる。すると地球の姿がぼんやりと僕のなかに浮ぶ。哀れな地球、冷えきった大地よ。だが、それは僕のまだ知らない何億万年後の地球らしい。僕の眼の前には再び仄暗い一塊りの別の地球が浮んでくる。その円球の内側の中核には真赤な火の塊りがとろとろと渦巻いている。あの鎔鉱炉のなかには何が存在するのだろうか。まだ発見されない物質、まだ発想されたことのない神秘、そんなものが混っているのかもしれない。そして、それらが一斉に地表に噴きだすとき、この世は一たいどうなるのだろうか。人々はみな地下の宝庫を夢みているのだろう、破滅か、救済か、何とも知れない未来にむかって……。

だが、人々の一人一人の心の底に静かな泉が鳴りひびいて、人間の存在の一つ一つが何ものによっても粉砕されない時が、そんな調和がいつかは地上に訪れてくるのを、僕は随分昔から夢みていたような気がする。

ここは僕のよく通る踏切なのだが、僕はよくここで遮断機が下りて、しばらく待たされるのだ。電車は西荻窪（にしおぎくぼ）の方から現れたり、吉祥寺の駅の方からやって来る。電車が近づいて来るにしたがって、ここの軌道は上下にはっきりと揺れ動いているのだ。しかし、電車はガーッと全速力でここを通り越す。僕はあの速度に何か胸のすくような気持がするのだ。全速力でこの人生を横切ってゆける人を僕は羨（うらや）んでいるのかもしれない。だが、僕の眼には、もっと悄然（しょうぜん）とこの線路に眼をとめている人たちの姿が浮んでくる。人の世の生活に破れて、あがいてもがいても、もうどうにもならない場に突落されている人の影が、いつもこの線路のほとりを彷徨（さまよ）っているようにおもえるのだ。だが、そういうことを思い耽りながら、この踏切で立ちどまっている僕は、……僕の影もいつとはなしにこの線路のまわりを彷徨っているのではないか。

僕は日没前の街道をゆっくり歩いていたことがある。ふと青空がふしぎに澄み亘（わた）って、一ところ貝殻のような青い光を放っている部分があった。僕の眼がわざと、そこを撰（えら）んでつかみとったのだろうか。しかし、僕の眼は、その青い光がすっきりと立ならぶ落葉樹の上にふりそそいでいるのを知った。木々はすらりとした姿勢で、今しずかに何ごとかが行われているらしかった。僕の眼が一本のすっきりした木の梢（こずえ）にとまったとき、大きな褐（かっ）色（しょく）の枯葉が枝を離れた。枝を離れた朽葉は幹に添ってまっすぐ滑り墜（お）ちて行った。そして根元の地面の朽葉の上に重なりあった。それは殆ど何ものにも喩えようのない微妙な速度だった。梢から地面までの距離のなかで、あの一枚の枯葉は恐らくこの地上のすべてを見さだめていたにちがいない。……いつごろから僕は、地上の眺めの見おさめを考えているのだろう。ある日も僕は一年前僕が住んでいた神田の方へ出掛けて行く。すると見憶えのある書店街の雑沓が僕の前に展がる。僕はそのなかをくぐり抜けて、何か自分の影を探しているのではないか。とあるコンクリートの塀に枯木と枯木の影が淡く溶けあっているのが、僕の眼に映る。あんな淡い、ひっそりとした、おどろきばかりが、僕の眼をおどろかしているのだろうか。

部屋にじっとしていると凍てついてしまいそうなので、外に出かけて行った。昨日降った雪がまだそのまま残っていて、あたりはすっかり見違えるようなのだ。雪の上を歩いているうちに、僕はだんだん心に弾みがついて、身裡が温まってくる。冷んやりとした空気が快く肺に沁みる。

（そうだ、あの広島の廃墟の上にはじめて雪が降った日も、僕はこんな風な空気を胸一杯すって心がわくわくしていたものだ。）僕は雪の讃歌をまだ書いていないのに気づいた。スイスの高原の雪のなかを心呆けて、どこまでもどこまでも行けたら、どんなにいいだろう。凍死の美しい幻想が僕をしめつける。僕は喫茶店に入って、煙草を吸いながら、ぼんやりしている。バッハの音楽が隅から流れ、ガラス戸棚のなかにデコレーションケーキが瞬いている。僕がこの世にいなくなっても、僕のような気質の青年がやはり、こんな風にこんな時刻に、ぼんやりと、この世の片隅に坐っていることだろう。僕は喫茶店を出て、また雪の路を歩いて行く。あまり人通りのない路だ。向うから跛の青年がとぼとぼと歩いてくる。僕はどうして彼がわざわざこんな雪の日に出歩いているのか、それがじかにわかるようだ。（しっかりやって下さい）すれちがいざま僕は心のなかで相手にむかって呼びかけている。

我々の心を痛め、我々の咽喉を締めつける一切の悲惨を見せつけられているにもかかわらず、我々は、自らを高めようとする抑圧することのできない本能を持っている。
（パスカル）

まだ僕が六つばかりの子供だった、夏の午後のことだ。家の土蔵の石段のところで、僕はひとり遊んでいた。石段の左手には、濃く繁った桜の樹にギラギラと陽の光がもつれていた。陽の光は石段のすぐ側にある山吹の葉にも洩れていた。が、僕の屈んでいる石段の上には、爽やかな空気が流れているのだった。何か僕はうっとりとした気分で、花崗石の上の砂をいじくっていた。ふと僕の掌の近くに一匹の蟻が忙しそうに這って来た。僕は何気なく、それを指で圧えつけた。と、蟻はもう動かなくなっていた。暫くすると、また一匹、蟻がやって来た。僕はまたそれを指で捻り潰していた。蟻はつぎつぎに僕のところへやって来るし、僕はつぎつぎにそれを潰した。だんだん僕の頭の芯は火照り、無我夢中の時間が過ぎて行った。僕は自分が何をしているのか、その時はまるで分らなかった。が、日が暮れて、あたりが薄暗くなってから、急に僕は不思議な幻覚のなかに突落されていた。僕は家のうちにいた。が、僕は自分がどこにいるのか、わからなくなった。ぐるぐると真赤な炎の河が流れ去った。すると、僕のまだ見たこともない奇怪な生きものたちが、薄闇のなかで僕の方を眺め、ひそひそと静かに怨じていた。

（あの朧気な地獄絵は、僕がその後、もう一度はっきりと肉眼で見せつけられた広島の地獄の前触れだったのだろうか。）

僕は一人の薄弱で敏感すぎる比類のない子供を書いてみたかった。一ふきの風でへし折られてしまう細い神経のなかには、かえって、みごとな宇宙が潜んでいそうにおもえる。

心のなかで、ほんとうに微笑めることが、一つぐらいはあるのだろうか。やはり、あの少女に対する、ささやかな抒情詩だけが僕を慰めてくれるのかもしれない。U……とはじめて知りあった一昨年の真夏、僕はこの世ならぬ心のわななきをおぼえたのだ。それはもう僕にとって、地上の別離が近づいていること、急に晩年が頭上にすべり落ちてくる予感だった。いつも僕は全く清らかな気持で、その美しい少女を懐しむことができた。いつも僕はその少女と別れぎわに、雨の中の美しい虹を感じた。それから心のなかで指を組み、ひそかに彼女の幸福を祈ったものだ。

また、暖かいものや、冷たいものの交錯がしきりに感じられて、近づいて来る「春」のきざしが僕を茫然とさせてしまう。この弾みのある、軽い、やさしい、たくみな、天使たちの誘惑には手もなく僕は負けてしまいそうなのだ。花々が一せいに咲き、鳥が歌いだす、眩しい祭典の予感は、一すじの陽の光のなかにも溢れている。すると、なにかそわそわして、じっとしていられないものが、心のなかでゆらぎだす。滅んだふるさとの街の花祭が僕の眼に見えてくる。死んだ母や姉たちの晴着姿がふと僕のなかに浮ぶ。それが今ではまるで娘たちか何かのように可憐な姿におもえてくるのだ。詩や絵や音楽で讃えられている「春」の姿が僕に囁きかけ、僕をくらくらさす。だが、僕はやはり冷んやりしていて、少し悲しいのだ。

あの頃、お前は病床で訪れてくる「春」の予感にうちふるえていたのにちがいない。死の近づいて来たお前には、すべてが透視され、天の灝気はすぐ身近にあったのではないか。あの頃お前が病床で夢みていたものは何なのだろうか。

僕は今しきりに夢みる、真昼の麦畑から飛びたって、青く焦げる大空に舞いのぼる雲雀の姿を……。（あれは死んだお前だろうか、それとも僕のイメージだろうか）雲雀は高く高く一直線に全速力で無限に高く高く進んでゆく。そして今はもう昇ってゆくのでも墜ちてゆくのでもない。ただ生命の燃焼がパッと光を放ち、既に生物の限界を脱して、雲雀は一つの流星となっているのだ。（あれは僕ではない。だが、僕の心願の姿にちがいない。一つの生涯がみごとに燃焼し、すべての刹那が美しく充実していたなら……。）

## 佐々木基一への手紙

ながい間、いろいろ親切にして頂いたことを嬉しく思います。僕はいま誰とも、さりげなく別れてゆきたいのです。妻と死別れてから後の僕の作品は、その殆どすべてが、それぞれ遺書だったような気がします。

岸を離れて行く船の甲板から眺めると、陸地は次第に点のようになって行きます。僕の文学も、僕の眼には点となり、やがて消えるでしょう。

去年、遠藤周作がフランスへ旅立った時の情景を僕は憶（おも）い出します。マルセイユ号の甲板から彼はこちらを見下ろしていました。桟橋の方で僕と鈴木重雄とは冗談を云いながら、出帆前のざわめく甲板を見上げていたのです。と、僕にはどうも遠藤がこちら側にいて、やはり僕たちと同じように甲板を見上げているような気がしたものです。

では御元気で……。

U……におくる悲歌

濠端（ほりばた）の柳にはや緑さしぐみ
雨靄（あめもや）につつまれて頬笑（ほほえ）む空の下

水ははっきりと　たたずまい
私のなかに悲歌をもとめる

すべての別離がさりげなく　とりかわされ
すべての悲痛がさりげなく　ぬぐわれ

祝福がまだ　ほのぼのと向うに見えているように
私は歩み去ろう　今こそ消え去って行きたいのだ
透明のなかに　永遠のかなたに

# 犯人

太宰治

「僕はあなたを愛しています」とブールミンは言った「心から、あなたを、愛しています」

マリヤ・ガヴリーロヴナは、さっと顔をあからめて、いよいよ深くうなだれた。

――プウシキン（吹雪）

**太宰　治**　だざい・おさむ

一九〇九年（明治四十二）、青森県北津軽郡金木村（現・五所川原市）の素封家のもとに生まれる。東京帝国大学文学部仏文科中退。在学中の一九三三年（昭和八）に荻窪に転居して以来、近辺で頻繁に転居。一九三五年（昭和十）、「逆行」が第一回芥川賞の候補に挙がるが、受賞を逃す。一九三九年（昭和十四）、井伏鱒二夫妻の媒酌で石原美知子と結婚。三鷹に住み、「富嶽百景」などを発表。戦後は『斜陽』などで流行作家となるが、一九四八年に山崎富栄と玉川上水で入水自殺した。遺体が見つかった六月十九日は「桜桃忌」とされ、毎年この日には太宰の墓がある三鷹の禅林寺に多くの愛読者が集まる。

なんという平凡。わかい男女の恋の会話は、いや、案外おとなどうしの恋の会話も、はたで聞いていては、その陳腐、きざったらしさに全身鳥肌の立つ思いがする。

けれども、これは、笑ってばかりもすまされぬ。おそろしい事件が起った。

同じ会社に勤めている若い男と若い女である。男は二十六歳、鶴田慶助。同僚は、鶴、鶴、と呼んでいる。女は、二十一歳、小森ひで、同僚は、森ちゃん、と呼んでいる。鶴と、森ちゃんとは、好き合っている。

晩秋の或る日曜日、ふたりは東京郊外の井の頭公園であいびきをした。午前十時。

時刻も悪ければ、場所も悪かった。けれども二人には、金が無かった。いばらの奥深く搔きわけて行っても、すぐ傍を分別顔の、子供づれの家族がとおる。ふたり切りになれない。ふたりは、お互いに、ふたり切りになりたくてたまらないのに、でも、それを相手に見破られるのが羞しいので、空の蒼さ、紅葉のはかなさ、美しさ、空気の清浄、社会の混沌、正直者は馬鹿を見る、等という事を、すべて上の空で語り合い、お弁当はわけ合って食べ、詩以外には何も念頭に無いというあどけない表情を努めて、晩秋の寒さをこらえ、

午後三時には、さすがに男は浮かぬ顔になり、

「帰ろうか。」

と言う。

「そうね。」

と女は言い、それから一言、つまらぬことを口走った。

「一緒に帰れるお家があったら、幸福ね。帰って、火をおこして、……三畳一間でも、……」

笑ってはいけない。恋の会話は、かならずこのように陳腐なものだが、しかし、この一言が、若い男の胸を、柄もとおれと突き刺した。

部屋。

鶴は会社の世田谷の寮にいた。六畳一間に、同僚と三人の起居である。森ちゃんは高円寺の、叔母の家に寄寓。会社から帰ると、女中がわりに立ち働く。

鶴の姉は、三鷹の小さい肉屋に嫁いでいる。あそこの家の二階が二間。

鶴はその日、森ちゃんを吉祥寺駅まで送って、森ちゃんには高円寺行きの切符を、自分は三鷹行きの切符を買い、プラットフォムの混雑にまぎれて、そっと森ちゃんの手を握ってから、別れた。部屋を見つける、という意味で手を握ったのである。

「や、いらっしゃい。」

店では小僧がひとり、肉切庖丁（ぼうちょう）をといでいる。

「兄さんは？」

「おでかけです。」

「どこへ？」

「寄り合い。」

「また、飲みだな？」

義兄は大酒飲みである。家で神妙に働いている事は珍らしい。

「姉さんはいるだろう。」

「ええ、二階でしょう？」

「あがるぜ。」

姉は、ことしの春に生れた女の子に乳をふくませ添寝していた。

「貸してもいいって、兄さんは言っていたんだよ。」

「そりゃそう言ったかも知れないけど、あのひとの一存では、きめられませんよ。私のほうにも都合があります。」

「どんな都合？」

「そんな事は、お前さんに言う必要は無い。」

「パンパンに貸すのか？」

「そうでしょう。」

「姉さん、僕はこんど結婚するんだぜ。たのむから貸してくれ。」

「お前さんの月給はいくらなの？　自分ひとりでも食べて行けないくせに。部屋代がいまどれくらいか、知ってるのかい。」

「そりゃ、女のひとにも、いくらか助けてもらって、……」

「鏡を見たことがある？　女にみつがせる顔かね。」

「そうか。いい。たのまない。」

立って、二階から降り、あきらめきれず、むらむらと憎しみが燃えて逆上し、店の肉切庖丁を一本手にとって、

「姉さんが要るそうだ。貸して。」

と言い捨て階段をかけ上り、いきなり、やった。

姉は声も立てずにたおれ、血は噴出して鶴の顔にかかる。部屋の隅にあった子供のおしめで顔を拭き、荒い呼吸をしながら下の部屋へ行き、店の売上げを入れてある手文庫から数千円わしづかみにしてジャンパーのポケットにねじ込み、店にはその時お客が二、三人

かたまってはいって来て、小僧はいそがしく、

「お帰りですか？」

「そう。兄さんによろしく。」

外へ出る。黄昏（たそが）れて霧が立ちこめ、会社のひけどきの混雑。掻きわけて駅にすすむ。東京までの切符を買う。プラットフォムで、上りの電車を待っているあいだの永かったこと。わっ！　と叫び出したい発作。悪寒（おかん）。尿意。自分で自分の身の上が、信じられなかった。他人の表情がみな、のどかに、平和に見えて、薄暗いプラットフォムに、ひとり離れて立ちつくし、ただ荒い呼吸をし続けている。

ほんの四、五分待っていただけなのだが、すくなくとも三十分は待った心地である。電車が来た。混（こ）んでいる。乗る。電車の中は、人の体温で生あたたかく、そうして、ひどく速力が鈍い。電車の中で、走りたい気持。

吉祥寺、西荻窪、……おそい、実にのろい。電車の窓のひび割れたガラスの、そのひびの波状の線のとおりに指先をたどらせ、撫（な）でさすって思わず、悲しい重い溜息（ためいき）をもらした。

高円寺。降りようか。一瞬ぐらぐらめまいした。森ちゃんに一目あいたくて、全身が熱くなった。姉を殺した記憶もふっ飛ぶ。いまはただ、部屋を借りられなかった失敗の残念だけが、鶴の胸をしめつける。ふたり一緒に会社から帰って、火をおこして、笑い合いな

がら夕食して、ラジオを聞いて寝る、その部屋が、借りられなかった口惜しさ。人を殺した恐怖など、その無念の情にくらべると、もののかずでないのは、こいをしている若者の場合、きわめて当然の事なのである。

烈しく動揺して、一歩、扉口のほうに向って踏み出した時、高円寺発車。すっと扉が閉じられる。

ジャンパーのポケットに手をつっ込むと、おびただしい紙屑が指先に当る。何だろう。はっと気がつく。金だ。ほのぼのと救われる。よし、遊ぼう。鶴は若い男である。

東京駅下車。ことしの春、よその会社と野球の試合をして、勝って、その時、上役に連れられて、日本橋の「さくら」という待合に行き、スズメという鶴よりも二つ三つ年上の芸者にもてた。それから、飲食店閉鎖の命令の出る直前に、もういちど、上役のお供で「さくら」に行き、スズメに逢った。

「閉鎖になっても、この家へおいでになって私を呼んで下さったら、いつでも逢えますわよ。」

鶴はそれを思い出し、午後七時、日本橋の「さくら」の玄関に立ち、落ちついて彼の会社の名を告げ、スズメに用事がある、と少し顔を赤くして言い、女中にも誰にもあやしまれず、奥の二階の部屋に通され、早速ドテラに着かえながら、お風呂は？　とたずね、ど

うぞ、と案内せられ、その時、

「ひとりものは、つらいよ。ついでにお洗濯だ。」

とはにかんだ顔をして言って、すこし血痕（けっこん）のついているワイシャツとカラアをかかえ込み、

「あら、こちらで致しますわ。」

と女中に言われて、

「いや、馴（な）れているんです。うまいものです。」

と極めて自然に断る。

血痕はなかなか落ちなかった。洗濯をすまし、鬚（ひげ）を剃（そ）って、いい男になり、部屋へ帰って、洗濯物は衣桁（いこう）にかけ、他の衣類をたんねんに調べて血痕のついていないのを見とどけ、それからお茶をつづけさまに三杯飲み、ごろりと寝ころがって眼をとじたが、寝ておられず、むっくり起き上ったところへ、素人（しろうと）ふうに装（よそお）ったスズメがやって来て、

「おや、しばらく。」

「酒が手にはいらないかね。」

「はいりますでしょう。ウイスキイでも、いいの？」

「かまわない。買ってくれ。」

ジャンパーのポケットから、一つかみの百円紙幣を取り出して、投げてやる。

「こんなに、たくさん要らないわよ。」

「要るだけ、とればいいじゃないか。」

「おあずかり致します。」

「ついでに、たばこもね。」

「たばこは？」

「軽いのがいい。手巻きは、ごめんだよ。」

スズメが部屋から出て行ったとたんに、停電。まっくら闇の中で、鶴は、にわかにおそろしくなった。ひそひそ何か話声が聞える。しかし、それは空耳だった。廊下で、忍ぶ足音が聞える。しかし、それも空耳であった。鶴は呼吸が苦しく、大声挙げて泣きたいと思ったが、一滴の涙も出なかった。ただ、胸の鼓動が異様に劇しく、脚が抜けるようにだるかった。鶴は寝ころび、右腕を両眼に強く押しあて、泣く真似をした。そうして小声で、森ちゃんごめんよ、と言った。

「こんばんは。慶ちゃん。」鶴の名は、慶助である。

蚊の泣くような細い女の声で、そう言うのを、たしかに聞き、髪の逆立つ思いで狂ったようにはね起き、襖をあけて廊下に飛び出た。廊下は、しんの闇で、遠くから幽かに電車の音が聞えた。

階段の下が、ほの明るくなり、豆ランプを持ったスズメがあらわれ、鶴を見ておどろき、

「ま、あなた、何をしていらっしゃる。」

豆ランプの光で見るスズメの顔は醜（みに）くかった。森ちゃんが、こいしい。

「ひとりで、こわかったんだよ。」

「闇屋さん、闇におどろく。」

自分があのお金を、何か闇商売でもやってもうけたものと、スズメが思い込んでいるらしいのを知って、鶴は、ちょっと気が軽くなり、はしゃぎたくなった。

「酒は？」

「女中さんにたのみました。すぐ持ってまいりますって。このごろは、へんに、ややこしくって、いやねえ。」

ウイスキイ、つまみもの、煙草（たばこ）。女中は、盗人の如（ごと）く足音を忍ばせて持ち運んで来た。

「おしずかに、お飲みになって下さいよ。」

「心得ている。」

鶴は、大闇師のように、泰然とそう答えて、笑った。

その下には紺碧(こんぺき)にまさる青き流れ、
その上には黄金(こがね)なす陽の光。
されど、
憩(いこ)いを知らぬ帆は、
嵐(あらし)の中にこそ平穏のあるが如くに、
せつに狂瀾怒濤(きょうらんどとう)をのみ求むる也(なり)。

あわれ、あらしに憩いありとや。鶴は所謂(いわゆる)文学青年では無い。頗(すこぶ)るのんきな、スポーツマンである。けれども、恋人の森ちゃんは、いつも文学の本を一冊か二冊、ハンドバッグの中に入れて持って歩いて、そうしてけさの、井の頭公園のあいびきの時も、レエルモントフとかいう、二十八歳で決闘して倒れたロシヤの天才詩人の詩集を鶴に読んで聞かせて、詩などには、ちっとも何も興味の無かった鶴も、その詩集の中の詩は、すべて大いに気にいって、殊(こと)にも「帆」という題の若々しく乱暴な詩は、最も彼の現在の恋の心にぴったりと来たのだそうで、彼は森ちゃんに命じて何度も何度も繰りかえして朗読させたものである。

嵐の中にこそ、平穏、……。あらしの中にこそ、……。

鶴は、スズメを相手に、豆ランプの光のもとでウイスキイを飲み、しだいに楽しく酔って行った。午後十時ちかく、部屋の電燈がパッとついたが、しかし、その時にはもう、電燈の光も、豆ランプのほのかな光さえ、鶴には必要でなかった。

あかつき。

ドオウン。その気配を見た事のあるひとは知っているだろう。日の出以前のあの暁の気配は、決して爽快なものではない。おどろおどろ神々の怒りの太鼓の音が聞えて、朝日の光とまるっきり違う何の光か、ねばっこい小豆色の光が、樹々の梢を血なま臭く染める。陰惨、酸鼻の気配に近い。

鶴は、厠の窓から秋のドオウンの凄さを見て、胸が張り裂けそうになり、亡者のように顔色を失い、ふらふら部屋へ帰り、口をあけて眠りこけているスズメの枕元にあぐらをかき、ゆうべのウイスキイの残りを立てつづけにあおる。

金はまだある。

酔いが発して来て、蒲団にもぐり込み、スズメを抱く。寝ながら、またウイスキイをあおる。とろとろと浅く眠る。眼がさめる。にっちもさっちも行かない自分のいまの身の上が、いやにハッキリ自覚せられ、額に油汗がわいて出て来て、悶え、スズメにさらにウイスキイを一本買わせる。飲む。抱く。とろとろ眠る。眼がさめると、また飲む。

やがて夕方、ウイスキイを一口飲みかけても吐きそうになり、

「帰る。」

と、苦しい息の下から一ことそう言うのさえやっとで、何か冗談を言おうと思っても、すぐ吐きそうになり、黙って這うようにして衣服を取りまとめ、スズメに手伝わせて、どうやら身なりを整え、絶えず吐き気とたたかいながら、つまずき、よろめき、日本橋の待合「さくら」を出た。

外は冬ちかい黄昏。あれから、一昼夜。橋のたもとの、夕刊を買う人の行列の中にはいる。三種類の夕刊を買う。片端から調べる。出ていない。出ていないのが、かえって不安であった。記事差止め。秘密裡に犯人を追跡しているのに違い無い。

こうしては、おられない。金のある限りは逃げて、そうして最後は自殺だ。

鶴は、つかまえられて、そうして肉親の者たち、会社の者たちに、怒られ悲しまれ、気味悪がられ、ののしられ、うらみを言われるのが、何としても、イヤで、おそろしくてたまらなかった。

しかし、疲れている。

まだ、新聞には出ていない。

鶴は度胸をきめて、会社の世田谷の寮に立ち向う。自分の巣で一晩ぐっすり眠りたかっ

た。

寮では六畳一間に、同僚と三人で寝起きしている。同僚たちは、まちに遊びに出たらしく、留守である。この辺は所謂便乗線とかいうものなのか、電燈はつく。鶴の机の上には、コップに投げいれられた銭菊（ぜにぎく）が、少し花弁が黒ずんでしなびたまま、主人の帰りを待っていた。

黙って蒲団をひいて、電燈を消して、寝た、が、すぐまた起きて、電燈をつけて、寝て、片手で顔を覆（おお）い、小声で、あああ、と言って、やがて、死んだように深く眠る。

朝、同僚のひとりにゆり起された。

「おい、鶴。どこを、ほっつき歩いていたんだ。三鷹の兄さんから、何べんも会社へ電話が来て、われわれ弱ったぞ。鶴がいたなら、大至急、三鷹へ寄こしてくれるようにという電話なんだ。急病人でも出来たんじゃないか？　ところがお前は欠勤で、寮にも帰って来ないし、森ちゃんも心当りが無いと言うし、とにかくきょうは三鷹へ行って見ろ。ただ事でないような兄さんの口調だったぜ。」

鶴は、総毛立つ思いである。

「ただ、来いとだけ言ったのか。他には、何も？」

既にはね起きてズボンをはいている。

「うん、何でも急用らしい。すぐ行って来たほうがいい。」

「行って来る。」

何が何だか、鶴にはわけがわからなくなって来た。自分の身の上が、まだ、世間とつながる事が出来るのか。一瞬、夢見るような気持になったが、あわててそれを否定した。自分は人類の敵だ。殺人鬼である。

既に人間では無いのである。世間の者どもは全部、力を集中してこの鬼一匹を追い廻しているのだ。もはや、それこそ蜘蛛(くも)の巣のように、自分をつかまえる網が行く先、行く先に張りめぐらされているのかも知れぬ。しかし、自分にはまだ金がある。金さえあれば、つかのまでも、恐怖を忘れて遊ぶ事が出来る。逃げられるところまでは、逃げてみたい。どうにもならなくなった時には、自殺。

鶴は洗面所で歯を強くみがき、歯ブラシを口にふくんだまま食堂に行き、食卓に置かれてある数種類の新聞のうらおもてを殺気立った眼つきをして調べる。出ていない。どの新聞も、鶴の事に就いては、ひっそり沈黙している。この不安。スパイが無言で自分の背後に立っているような不安。ひたひたと眼に見えぬ洪水が闇の底を這って押し寄せて来ているような不安。いまに、ドカンと致命的な爆発が起りそうな不安。

鶴は洗面所で嗽(うが)いして、顔も洗わず部屋へ帰って押入れをあけ、自分の行李(こうり)の中から、夏服、シャツ、銘仙の袷、兵古帯、毛布、運動靴、スルメ三把、銀笛、アルバム、売却できそうな品物を片端から取り出して、リュックにつめ、机上の目覚時計までジャンパーのポケットにいれて、朝食もとらず、

「三鷹へ行って来る。」

と、かすれた声で呟くように言い、リュックを背負っておろおろ寮を出る。

まず、井の頭線で渋谷に出る。渋谷で品物を全部たたき売る。リュックまで売り捨てる。五千円以上のお金がはいった。

渋谷から地下鉄。新橋下車。銀座のほうに歩きかけて、やめて、川の近くのバラックの薬局から眠り薬ブロバリン、二百錠入を一箱買い求め、新橋駅に引きかえし、大阪行きの切符と急行券を入手した。大阪へ行ってどうするというあても無いのだが、汽車に乗ったら、少しは不安も消えるような気がしたのであった。それに、鶴はこれまで一度も関西に行った事が無い。この世のなごりに、関西で遊ぶのも悪くなかろう。関西の女は、いいそうだ。自分には、金があるのだ。一万円ちかくある。

駅の附近のマーケットから食料品をどっさり仕入れ、昼すこし過ぎ、汽車に乗る。急行列車は案外にすいていて、鶴は楽に座席に腰かけられた。

汽車は走る。鶴は、ふと、詩を作ってみたいと思った。無趣味な鶴にとって、それは奇

怪といってもよいほど、いかにも唐突きわまる衝動であった。たしかに生れてはじめて味う本当にへんな誘惑であった。人間は死期が近づくにつれて、どんなに俗な野暮天でも、奇妙に、詩というものに心をひかれて来るものらしい。辞世の歌とか俳句とかいうものを、高利貸でも大臣でも、とかくよみたがるようではないか。

鶴は、浮かぬ顔して、首を振り、胸のポケットから手帖を取り出し、鉛筆をなめた。うまく出来たら、森ちゃんに送ろう。かたみである。

鶴は、ゆっくり手帖に書く。

われに、ブロバリン、二百錠あり。
飲めば、死ぬ。
いのち、

それだけ書いて、もうつまってしまった。あと、何も書く事が無い。読みかえしてみても一向に、つまらない。下手である。鶴は、にがいものを食べたみたいに、しんから不機嫌そうに顔をしかめた。手帖のそのページを破り捨てる。詩は、あきらめて、こんどは、三鷹の義兄に宛てた遺書の作製をこころみる。

私は死にます。
こんどは、犬か猫になって生れて来ます。

もうまた、書く事が無くなった。しばらく、手帖のその文面を見つめ、ふっと窓のほうに顔をそむけ、熟柿（じゅくし）のような醜い泣きべその顔になる。

さて、汽車は既に、静岡県下にはいっている。

それからの鶴の消息に就いては、鶴の近親の者たちの調査も推測も行きとどかず、どうもはっきりは、わからない。

五日ほど経（た）った早朝、鶴は、突如、京都市左京区の某商会にあらわれ、かつて戦友だったとかいう北川という社員に面会を求め、二人で京都のまちを歩き、鶴は軽快に古着屋ののれんをくぐり、身につけていたジャンパー、ワイシャツ、セーター、ズボン、冗談を言いながら全部売り払い、かわりに古着の兵隊服上下を買い、浮いた金で昼から二人で酒を飲み、それから、大陽気で北川という青年とわかれ、自分ひとり京阪四条駅から大津に向う。なぜ、大津などに行ったのかは不明である。

宵の大津をただふらふら歩き廻り、酒もあちこちで、かなり飲んだ様子で、同夜八時頃、大津駅前、秋月旅館の玄関先に泥酔の姿で現われる。

江戸っ子らしい巻舌で一夜の宿を求め、部屋に案内されるや、すぐさま仰向に寝ころがり、両脚を烈しくばたばたさせ、番頭の持って行った宿帳には、それでもちゃんと正しく住所姓名を記し、酔い覚めの水をたのみ、やたらと飲んで、それから、その水でブロバリン二百錠一気にやった模様である。

鶴の死骸の枕元には、数種類の新聞と五十銭紙幣二枚と十銭紙幣一枚、それだけ散らばって在ったきりで、他には所持品、皆無であったそうである。


鶴の殺人は、とうとう、どの新聞にも出なかったけれども、鶴の自殺は、関西の新聞の片隅に小さく出た。

京都の某商会に勤めている北川という青年はおどろき、大津に急行する。宿の者とも相談し、とにかく、鶴の東京の寮に打電する。寮から、人が、三鷹の義兄の許に馳せつける。

姉の左腕の傷はまだ糸が抜けず、左腕を白布で首に吊っている。義兄は、相変らず酔っていて、

「おもて沙汰にしたくねえので、きょうまであちこち心当りを捜していたのが、わるかった。」

姉はただもう涙を流し、若い者の阿呆(あほ)らしい色恋も、ばかにならぬと思い知る。

# 眼

吉村　昭

**吉村　昭**　よしむら・あきら

一九二七年（昭和二）、東京府北豊島郡日暮里町（現・荒川区東日暮里）生まれ。学習院大学中退。妻は作家の津村節子。「鉄橋」「透明標本」などで芥川賞候補。一九六六年、「星への旅」で太宰治賞受賞。同年、『戦艦武蔵』を発表し、以後、『陸奥爆沈』『関東大震災』『漂流』『ふぉん・しいほるとの娘』『破獄』など記録文学の名作を発表する。一九六九年、三鷹市井の頭に転居して以来、二〇〇六年に死去するまでこの地で暮らした。

夜明け前に眼をさますと、歩いて十四、五分の距離にある駅のホームを電車がはなれる音を耳にすることがある。始発の電車なのだろうか、モーターの始動する音につづいて、電車の車輪が線路の継ぎ目に小刻みにあたる音がきこえ、それが遠ざかってゆく。その音はうつろで、夜の闇の色と車内に乗客がまばらであるのが感じられる。

駅には、都心にむかう電車が発着し、信州との間を往き来する列車が早い速度で通過することもある。駅の周辺には、いくつかのデパートもある繁華街がひろがっていて、道に人の流れが絶えない。

私の家と駅の間には、広大な公園がある。山椒魚のような形をした長く大きな池があって、腹部にあたる個所に長い橋がかかっている。池のふちには桜樹がつらなっていて、開花時には橋が花見の人たちでうずまる。

私は、駅にゆく折や繁華街の小料理屋やバーで飲む時などに橋を渡る。池には秋に鴨の群れが飛来し、春には去る。錦鯉と真鯉が多く、不気味なほど大きな鯉がゆったりと泳いでいるのを見ることもある。

公園は、晩秋や春先きにしばしば濃い霧につつまれる。橋を渡ってゆくと、前方の霧の中から人が湧き、私はかすかな畏怖に似たものをおぼえて橋の片側に身を寄せる。人は足音もさせずに、かたわらを過ぎてゆく。

公園を管轄下におく市の警察署は、園内に犯罪は皆無なので、夜、通りぬけても安全だと附近の住民につたえている。私もその指示にしたがって、夜、駅や繁華街から帰宅する時、園内を通ることを常としている。

しかし、犯罪とは言えぬものの、時には公園に不測の出来事が起ることもある。その一つは数年に一度の割合で池に水死体が浮ぶことで、それは若い男にかぎられ、酔って池に飛びこみ、心臓麻痺で死ぬ。昨年の春には朝、水死体が浮んでいるのをジョギング中の人が発見したが、それが女装した男であったことから附近の住民のささやかな話題になった。その出来事の後、橋の袂には池に飛びこまぬようにという注意書きを記した木札が立てられた。

私の家のある住宅街から公園に入るには、ゆるやかな傾斜の石段をおりるが、三年前の秋、石段の中頃にある太い樹木の幹に新しい立看板が針金でむすびつけられているのを見た。それは警察署が立てたもので、その個所に生れたばかりの女の嬰児が遺棄されていたので、それに関することで見聞した人は警察署に通報して欲しい、と記されていた。

私は、石段をおりて橋の方に歩きながら、深夜、産衣につつまれた嬰児を樹の下に置く女を想像した。女は、結婚できぬ男と肉体関係を持ってみごもり、子を産んだが、その処置に困り、捨てたのか。地味な服装をした淋しげな女の顔が思い描かれた。

警察署への通報はなかったらしく、看板は立てられたままで、文字が薄れた一年ほど後に撤去された。

それから間もなく、公園の数個所に警察署の立看板が新たに立てられた。それは新聞やテレビでかなり大きく報じられた事件で、近くに住む中年のサラリーマンの肉体が、切り刻まれて園内の清掃具置場に分散して捨てられていた。看板には、その要旨が記され、なにか気づいた人は通報してもらいたいと書かれていた。

警察の調査では、殺害されたその男の遺体はどこか他の場所で細かく切断され、園内に運びこまれて遺棄されたらしいという。

家の近くにある商店街の小料理屋に時折り飲みにゆくが、客たちの関心は事件のことに集中していた。

遺体の一部が置かれていた清掃具置場の近くに住む鳶職の男は、何度も刑事が訪れてきては同じ質問を繰返すと言い、小料理屋にも客からなにかきいていないか、とたずねてきたという。

寝具商を営む男は、かれの店の近くに住む会社勤めをしている男の妻が薄気味悪がって、夫に公園を通って帰宅しないようにさせている、とも言った。

客たちは、思い思いに推理をはたらかせ、いつもより酒を多く飲んで酔う者もいた。警察署の発表したように、殺人が園内でおこなわれたとは思えず、私はさほど、気にかけることもなく、夜、公園をぬけて帰宅することをつづけた。が、やはり警戒する気持はあって、通路燈の光のとどかぬ樹林の中に視線を走らせたり、ひそかに後方の道を振返ったりしていた。

公園をはなれる時に登る石段の左側は、小庭園のようになっていて、芝生がはられ、花壇も設けられている。以前は市営の浅いプールがあって、夏休みに子供たちがにぎやかに水遊びをしていたが、子供に連れ添った若い母親たちの水着姿が公園を歩く人たちの眼にさらされるのは好ましくないという声が多く、プールはつぶされて庭園風に改められた。

庭の奥に東屋があり、昨年の秋頃から夜、かたわらに立つ庭園燈の光に男の姿が浮びあがっているのを眼にするようになった。ダンボールで囲いを作り、その中に坐り、時には身を横たえている。

都心からはなれているためか、公園には園内を夜の塒(ねぐら)にする者を見かけたことはない。昼間は東屋に男の姿はなく、夕方、東屋へもどってくるようだった。

私の推測はあたっていて、夕刻近くに通った私は、一人の男が東屋へ入ってゆくのを眼にし、その後、公園の通路を庭園の方向に歩いてゆく男をしばしば見かけるようになった。男は、髪も髭も伸び放題で顔は黒ずんでいて、汚れた衣服をつけ、破れた靴をはいている。両手に大きな紙袋をさげていた。

歩いてくるかれに、人々は視線をそらせ、はなれた所を通りすぎる。私も同じようにしていたが、ちらと見たかれの眼にはなんの感情もみられぬうつろな色が浮んでいるだけであった。

私は、男を眼にする度にかれの境遇をあれこれと想像した。

男は地方で暮していて、なにかの事情で故郷にいられなくなり、東京にやってきた。妻子がいるのかも知れない。

働き口を得たが、長つづきせず、転々と職を替えた。勤労意欲が乏しく、そのうちに食物のあり余っている都会では、働かずに生きてゆけるのを知って、いわゆるホームレスとして日をすごしている。駅の周辺などで睡眠をとっていたが、緑の多い故郷に対する郷愁から、樹木の生い繁る公園の東屋の屋根の下で夜をすごすようになった。

朝になると東屋をはなれ、繁華街のレストランや料理屋などから出る食物をあさり、駅の構内で捨てられた新聞や雑誌を拾ったりして、夕方になると東屋にもどる。ダンボールで夜の塒をつくることにもなれ、一応安らいだ日々をすごしている。

かれは、いつも顔を伏目にし、足をひきずるように歩いている。大儀そうで、体になにか疾患があるのかも知れない。年齢はいくつぐらいかわからなかったが、頭髪は薄れず白いものもまじっていないので、四十代後半のように思えた。

家の近くの小料理屋で酒を飲んでいると、洋品店を営む男が、

「この頃、公園にむさ苦しい男がいるね」

と、店主に声をかけた。

「そうなのよ。どこか体が悪いみたい。歩くのがやっとというような歩き方をしていますでしょう」

店主の妻が、代って言った。

洋品店の男と彼女が、男のことについて言葉を交しはじめ、私は黙ってきいていた。

橋の袂に貸しボートの建物があって、そこに清涼飲料水の自動販売機が置かれているが、彼女は男が釣銭の出るくぼみに指をさしこんでいるのを見たこともある、と言った。

「取るのを忘れたり、取りそこなった釣銭が残っていることもあるのかね」

洋品店の男は、感心したようにうなずいた。

「うちのやつ、あの男に握り飯を作って持って行ってやったりしているんですよ」

店主が、歪んだ笑いを眼に浮べながら言った。

「だって、気の毒でしょうが。ろくに食べていないようなのよ」

彼女が、反撥するような口調で言った。

私は、彼女の行為が意外であった。むろん日没後に握り飯を東屋へ持ってゆくのだろうが、薄気味悪くはないのだろうか。

私は、彼女に声をかけた。

「あの人は、なんと言って受取るの」

彼女は、私に顔をむけ、

「なんにも言わずに、ただ頭を深くさげるだけなんですよ。私に眼をむけることもしないのね。頭のさげ方で、感謝しているのがよくわかりますよ」

と、言った。

歩いている男とすれちがう時、かれは、私に視線をむけることをせず、少し眼を伏せて通りすぎてゆく。握り飯を持ってゆく彼女の顔も見ないというが、かれは、自分だけの世界に深くとじこもっているのだろうか。

「よくあんな男に食物など持ってゆく気になるね」

洋品店の男が、胸にわだかまっていたものを吐き出すように言った。

彼女は、少し黙ってから、

「私もうちの人も、田舎から出てきたでしょう。あの人も地方出だと思うのよ。勘でわかりますよ。それでなんとなく気になって持っていってやるんです」

と、言った。

「なるほどね」

洋品店の男は、杯を手にうなずいた。

彼女と洋品店の男の会話はつづいた。

「今はまだいいが、これから寒さがきびしくなると容易ではないな」

洋品店の男が言い、彼女は、

「そうですよ。ダンボールで囲っているだけでは、凍えてしまいますものね」

と、相槌を打った。

小庭園の南側は木が繁っているが、三方は開けていて、池の水面を渡ってくる風が直接吹きつける。公園で焚火をすることは厳禁されていて、寒さをしのげるはずがない。

しかし、私は、冬の季節を迎えれば男は公園をはなれるだろう、と思った。都心で男と同じような生活をしている者たちは、駅の地下道やビルとビルの間の空間に小舎の形に模したダンボールの囲いをつくって、その中に入りこんでいる。男も駅の周辺や電車のガード下に移動し、そこで冬をすごすにちがいなかった。

彼女の話をきいてから、私は男を身近なものに感じるようになった。夜、庭園のかたわらを通るとき、東屋の方に視線をむける。囲いのダンボールの上端に古びた布がかけられていることもあれば、寝返りでも打っているのかダンボールが少し動いていることもあった。

食物を持ってゆく彼女に眼をむけることもしないという話に、男にはうかがい知れぬ深い心の傷があるように思えた。かれはただその日その日の肉体が維持できればよく、時間の流れの中で浮遊するように時をすごしているのだろう。

公園を駅にむかってせわしなく歩いてゆく会社勤めの男女や、公園を散策する者たちは、かれには全く別の世界に住む人間に思え、少しも関心はないにちがいない。東屋で身を横たえて月や星の光を見上げているかれの姿が、思い描かれた。

公園の樹木の落葉がしきりになった。風が渡ると、樹木から驟雨（しゅうう）のように降る落葉が、乾いた音をさせて通路にばらばらと落ちる。強風の日には枯葉が、一斉に飛び立つ雀の群れのように空に舞いあがり、遠くはなれた池の水面などに落ちた。

男は、朝になるとダンボールを片づけるらしく、昼間は吟行に来たらしい小型のノートを手にした初老の男女たちが東屋に坐っていたり、若い男女が柱に手をふれて立ったりしていた。

公園の樹木の葉が、鮮やかに紅葉し、黄ばんだ樹葉と互いに色彩を映えさせるようになった。常緑樹は少いが、その樹葉の緑の色がひときわ濃く感じられた。

紅葉の色があせ、黄色い葉とともに落ちると、池をふちどる樹木は、おだやかな茶色味をおび、西日を浴びた橋の上からは薄紫色にけぶってみえることもある。休日以外は園内に人の姿は少く、落着いた静寂がひろがっていた。気温が低下し、家では暖房装置を作動させるようになった。

久しぶりに小料理屋に行った私は、店主の妻に男のことをたずねてみた。

「相変らずおりますよ、東屋に……」

男がすでに園内からはなれているにちがいないと思っていただけに、

「寒いだろうにね」

と、私は言った。

「私もそう思いましてね、捨てようかと思っていた毛布があったので、それを持っていってやりました。なんだかぼろのようなものを体に巻いているだけなんですから……」

彼女は、顔をしかめた。

「昼間は東屋にダンボールが見えないが、どこかに片づけるのかね」

「公園を清掃する道具置場の小舎がありますでしょう。ダンボールを裏の庇の下に立てかけてありますよ。清掃する小母さんたちも見て見ぬふりをしているんでしょう」

彼女は、少し笑いをふくんだ眼を私にむけた。

都心の公園には、男と同じような生き方をしている者が多くいるときく。かれらは、どこからともなく集ってきたのだろうが、園内には男だけで、数が増える気配はない。清掃する女たちは、男が東屋にいるのも仮のことで、やがては姿を消すにちがいないと思い、ことさら警戒する気持もないのだろう。

男が寒気にさらされている東屋で夜をすごすことができるのは、北国生れであるからなのだろうか。野外で暮すことをつづけてきたかれには、それに応じた肉体的な強靭さがそなわっていて、或る程度の寒さには耐えられるのかも知れない。

寒気がきびしさを増し、朝、庭に霜がおりているのを眼にするようにもなった。

二十歳の夏に肋骨五本を切除する肺疾患の手術を受けた私は、その後呼吸をする度に気管支に水泡が割れるような音がつづけてするのを薄気味悪く思っていた。それも十年ほどしてきこえなくなったが、気管支が弱いのか冬になると風邪をひきやすく、気管支炎から肺炎になったこともある。

公園の橋の上は寒風が吹きつけていることが多く、私は、夜、そこを通るのを避け、公園の外を迂回したり、タクシーで帰宅したりしていた。

年の暮れが近づいた頃、十分に警戒していたが風邪をひいた。発熱し、食欲が失われて私はベッドに臥していた。五日ほどして平熱になったが、それでも二日間はベッドからはなれなかった。

年が明け、久しぶりに小料理屋へ行った。

「あの人、昼間も寝たままですよ」

店主の妻が、言った。

あの人とは男にちがいなく、私は彼女に眼をむけた。

「どこか悪いんですか、と声をかけたら、首をふっていました。寝たまま、じっとしているんです。お握りと卵焼きを持っていってやったんですが、なんだか気味が悪くて、それきり行かないんですけれど」

彼女は、それが癖で口もとをゆがめた。

「どういう境遇の人なのかね」

私は、黒ずんだ男の顔を思い浮べながらコップにビールを注いだ。

「ふる里があるんでしょうにね。帰ったらいいのに……」

「それが、帰れない理由があるんだろう」

私は、コップをかたむけた。

「そうなんでしょうかね」

彼女は、口をつぐんだ。

昼間、駅に行くため公園に入った私は、東屋に眼をむけた。彼女の言う通り、東屋にダンボールの囲いが見える。男はその中で身を横たえているようだった。

私は、橋の方に歩きながら、男はなにを口にしているのだろう、と思った。食物をあさるには駅周辺の繁華街に行かねばならぬが、寝たままのかれにそのような体力があるとは思えない。食物を口にしなければ餓死するし、かれは夜間に繁華街に行くのかも知れない。私は、杖をついてよろめきながら歩くかれの姿を想像した。

それから半月ほどして庭園の近くを通った私は、東屋にダンボールの囲いが消え、若い男女が身を寄せ合って坐っているのを見た。

私は安堵に似たものをおぼえた。男はようやく寒風にさらされた公園からはなれ、ガード下かビルのかげにでも移動したのだろう。そのような場所では、食物をあさるのも容易で、暖をとれる物を拾い集めることもできるにちがいない。男は、それを早く思いつくべきで、不器用な人なのだ、と思った。

橋の袂には、小さな広場をはさんで貸しボートの建物と向い合って動植物園の門があり、切符売場が設けられている。

広場に足をふみ入れた私は、切符売場の裏にダンボールの囲いがあるのを眼にし、思わず足をとめた。

囲いの中に身を横たえている人がいて、黒く長い髪と伸び放題の髭に、東屋で夜をすごしていた男であるのを知った。男は公園からはなれたのではなくその場に移動していたのだ。

広場では、子供がポップコーンを撒き、鳩がむらがってついばんでいる。広場の花壇のふちには若い男女や子連れの女が坐ったりしていて、橋を渡る人がその前を通りすぎてゆく。

東屋のある庭園には人気がなかったが、広場には絶えず人の姿があって、そのような場所で身を横たえていることが異様であった。男は駅の方に移動しようとし、広場まできたが橋を渡る力もなく、その場でダンボールの囲いを作ったのか。

私は、鳩の群れを避けながら歩いていった。

数日後、広場に足を踏み入れた私は、男がわずかに半身を起しているのを見た。顔が驚くほど痩せこけ、頬骨が突き出ている。

眼が私にむけられた。なにか激しく動揺している眼であった。

眼にただならぬ気配が感じられた。未知の私にすがりつくような光が浮んでいる。私は歩きつづけていたが、視線をそらすことはできなかった。今までに見たこともない異様な眼であった。

私は、男の視線を背に意識しながら広場を通りすぎた。

男は、死が確実に迫っているのを知り、おびえきっている。その恐怖感から誰彼となく救いを求める眼をむけているにちがいない。

園内ですれちがう時、男はいつも人の視線を恐れるように伏し目がちで、小料理屋の店主の妻にも眼をむけたことはないという。が、半身を起した男は、私を直視していた。その眼に、私は死の淵に落ちこみかけている一個の人間を見た。

三日後の夕方、繁華街のふぐ料理屋で人と会う約束があり、公園内に入った。

切符売場の裏手に眼をむけた私は、ダンボールの囲いが消え、その個所が清掃でもされたように紙屑一つ落ちていないのを見た。

切符売場の係の人が警察署に連絡でもしたのか、それとも時折り園内をパトロールする警察官が男を見出し、収容する手続をとったのか。

男が病院に運ばれ、治療を受けているとは思えなかった。あの眼は、死の直前の人の眼であり、夜のうちに息を引取り、朝、遺体となって発見されたのではないだろうか。

空は茜色に染まり、公園のへりに立つマンションが華やかな西日を受け、つらなるガラス窓が輝いている。

男の眼が胸にこびりつき、私は長い橋を渡っていった。

# 風の吹く部屋

尾辻克彦

**尾辻克彦**　おつじ・かつひこ

一九三七年（昭和十二）、横浜市中区本牧町生まれ。大分、名古屋などに住む。一九五五年、武蔵野美術学校油絵科に入学（のち中退）。武蔵小金井、西荻窪、阿佐ヶ谷などに住む。一九六〇年、「ネオ・ダダ」発足。赤瀬川原平の筆名を使う。一九六六年、「千円札裁判」の被告となる。以降、イラストレーター、エッセイストとして活動。一九七九年、尾辻克彦名義の「肌ざわり」で中央公論新人賞受賞。一九八一年、「父が消えた」で芥川賞受賞。二つの筆名を使いながら、ジャンルを越えた活動を続けた。二〇一四年死去。

目の前で胡桃子（くるみこ）が眠っている。わが家の四畳半の食卓である。この四畳半は本来は胡桃子の部屋である。窓際に黄色い勉強机が置いてあり、その横の柱には赤い革のランドセルが掛けてある。だけど夕食のときはこの部屋が食堂になり、私は炊事係で胡桃子はお膳係だ。夕食のあとはお膳を横に片付けて、夜はここが胡桃子の寝室になる。いまはまだその寝室になっていないのに、胡桃子が食卓で居眠りしている。まだパジャマも何も着ていない。さっき一度声をかけたのだけど、びくりともしない。私はあと少しは仕方がないと思って、もう一杯お茶を飲んだ。

隣は六畳で私の部屋だ。私はだいたい一日そこにいて仕事をしている。そこで文章を書いたり、イラストレーションを描いたり、ときにはレタリングをしたりもする。電話もその部屋にあり、退屈すると友人に電話をかける。夜になると布団を敷いて、そこが私の寝室になる。仕事机が特大なので、布団を敷くスペースはちょっと狭い。はじめ引越して来たとき、部屋のレイアウトには苦労した。もう四年も五年も前のことだ。私と胡桃子と二人きり、思い切って崖を飛び移るようにして引越して来た家だ。古い木造の一軒家。二部屋だけど、自由業と小学生のつつましい生活には充分である。この家にはあと台所があり、玄関がある。玄関はすぐ近くなのだけど、台所が少し遠いのが残念である。便所もかなり遠い。そのことで借りるときにちょっと考えた。でも住んでしまえば、そういうことにも慣れてしまう。家賃は住んでからまだ一度も上がっていない。いい大家さんだ。もっともそんなに高い家賃は取れないと思う。この家にないものはたくさんある。廊下がないし、階段がない。二階の部屋がない。ベランダもない。屋上もない。夜ゆっくりと星を見るのに、屋上があるといいと思う。二階の部屋もほしいが、まずそれよりも前に屋上が欲しい。胡桃子は廊下が欲しいというが、私はやはり屋上だ。でもそうはいかないな。屋上は相当に高いものだろうから、最初は胡桃子のいう廊下でもいいのだけど。

胡桃子はまだ眠っている。ちょっと本格的になりかけている。今日は学校でプールがあって、そのあと学校とは別にソフトボールチームの練習があって、それで真っ黒になって帰って来て、二人で夕食を食べたあとコクンとなってしまったのだ。

夕食はアジの塩焼にホウレン草のオシタシだった。それにキューリのヌカ漬け、生ワカメ、アサリのおつゆ。こういうのは私の好きなものだ。もちろん胡桃子も好きだけど、胡桃子が一番好きなのはカレーライスにスパゲッティ。これは日本中のほとんどの子供がそうらしくて、この間新聞にその統計が出ていた。うちでもときどきそれをするけど、私にはどうもカレーライスやスパゲッティというのはお昼とか間食のような気がしてならない。だから夕食をそれにすると、どうも何か一食ソンをしたというか、ちょっと不満気な気持になってしまう。

「さあ、胡桃子……、お風呂だよ」

さっきから呼んでいるのだけど、胡桃子は食後の読みかけの本に頰をつけて、眠ったままだ。いざとなれば肩を揺り動かすつもりで、

「ほら、お風呂だよ」

と、また軽くいった。胡桃子の体はひっそりしている。少し開いた唇がわずかに涎でうるんでいる。私は手を伸ばして、胡桃子のまぶたにそっと触わってみた。私の指の先に、コロリと丸いものが感じられる。いまこのまぶたの内側で、何か不思議な夢を見ているのかもしれない。私のこの指の先が、胡桃子の夢の中に新しい別の模様を作っているのだろうか。そっと触わる胡桃子のまぶたは、しっとりと柔らかくて、だけど柔らかすぎて何か危険な感じで、何だろう、いつか恐る恐るなでてみた猫の足の裏のようだ。

柔らかいまぶたがグルリと動いて、私は慌てて指を離した。

「うわン……もン……」

とかいいながら胡桃子の頭が持ち上がり、向うを向いて、今度は反対側の頰を本につけ

た。

「ほらお風呂だよ。お風呂、お風呂」

私はここで起こさなければと肩を揺すった。

「早く、お風呂にはいってから寝るんだよ。ね。ほら……」

胡桃子はまだ頬を落したままである。

「ほらほら、せっかくお風呂が出来たんじゃないの」

そうなのだ。いままでは銭湯だったけど、今度お風呂が出来たのだ。自分でお風呂を持つまでは、私は本当は銭湯主義者だった。いや主義者ということもないのだけど、たまに友人や兄弟の家に泊るときなど、家庭のお風呂に入れてもらいながら、しかしせっかく一日一度はいるお風呂がこんなに小さくてはつまらないなあと、こっそりと頭の中では考えていた。便利だとは思いながら。

私は東京に出て来た学生時代からずーっと銭湯に行っていた。もちろんお風呂の付いている部屋など、そのころは高くて借りられなかったのだけど、もしお金があるとしても、やはり銭湯の方がいいと思っていた。銭湯のあの広い板の間と、広くて天井の高いタイルの空間と、たっぷりとした湯舟が好きだった。そこにペタペタと裸足ではいっていくだけで、もう体の中が全部ほぐれてしまう。それにくらべたら、団地やマンションについているホーローやポリエステルのお風呂というのは、まるで狭い便所のようだ。ただ体を洗って流すという、そういう機能だけがあるようだ。お風呂はたしかにそういうところには違いないけど、そんなのは入浴というもののほんの一部、私にとっては二割ぐらいのものだと思う。あとの八割ぐらいというものが、広い銭湯の中にはたっぷりとふくらんでいる。銭湯では体の垢を落すというのはほんの手続きみたいなもので、あの桶の音がコーンと響く空間にひたりに行くというのが、それが海水浴や、ハイキングや、ナイター見物のスペクタクルに匹敵するほどの、何というか、みずみずしい体のメリーゴーランドなのである。

その感じはいまも変らない。自分でお風呂をもったいまでも銭湯は大好きである。ときどき余分だとは思いながらも、わざわざお金を払って銭湯に行ってみる。胡桃子も銭湯は大好きだ。広いタイルの空間に裸足でピタピタと踏み込みながら、いつもキャッキャといっている。そんなとき、私も本当にいい所に来たと思う。自分は本当に贅沢で裕福なことをしていると思う。だからずーっと銭湯だけでもよかったのだけど、やはり少し経済的に余裕ができると自分のお風呂がほしくなった。蒸し暑くて空気も動かないような夏の夜、急ぎの仕事をムリヤリという感じで成しとげてから、さあビールでも飲んで寝ようとするとき、やはり一風呂浴びられたらなあと思う。そのときにほしいのは、銭湯のあの広々とした空間でなくても、機能としての体を流すお湯でいいのだ。だからそんなときには、台所の横に狭いお風呂場があって、小さなポリバスでもあればと思う。だけどこの家の台所の横というのは、そういう余分な空間がなくて、すぐ横がもう隣の家のブロック塀になっている。だからやはり、どうしても汗がべたついてたまらないときには、もう今夜はだいぶ遅いから駄目かなと思いながらも、慌ててタオルを肩に銭湯に走ってしまう。そんなとき胡桃子は寝かせたままである。眠っているとはいっても一人で置いて出るのは可哀相だなと思いながら、それにもまして、一度はいろうと思った体はもう不快感の固まりとなっている。それで慌てて駈けつけてみると、閉店時間のギリギリで、洗い場では大きなガラス戸を開け放って、銭湯の人が掃除をしている。

「もうダメですか?」

と番台の人にいうと、その人はお金を数えたり何かをしまったりしながら、

「うーん、もうダメだね」

と顔も見ずにいい返す。掃除の人はねじり鉢巻で大きなブラシを持ってこちらをチラと見ながら、

(何を……このシロウトが……いまごろノコノコと……)

とでもいうような顔付きをして、またシャーッ、シャーッとブラシを使って掃除をつづける。こちらはタオルと石鹼をにぎりしめて、

（だけど風呂にはいるのに……シロウトも何も……）

などとその掃除の人の顔付きに反論したくなりながら、でもやはり茫然と立ちつくすほかはないわけである。洗い場のタイルには何かもう白い粉が撒かれていて、湯舟の水面はすでに下の方にいったのか見えなくなっていて、もはやどうにも手のほどこしようがなく、せっかく用意されていたご馳走がお膳ごと引っくり返されてしまったような、このままではどうにも収まりようもない欲求不満。それをもとの鞘に収めるのにはたっぷり一時間以上はかかる。

そんなとき、ああやはり自分の風呂があれば、それはやはり便利だろうと、そういうふうに思うのである。そう思うことに、何かいままでの銭湯主義を裏切るような気持もあった。でも気がつくと、私がはじめて東京へ出て来たころからもう二十年以上たっており、いまではもうほとんどの人が家にお風呂を持っている。入浴は銭湯ではなく自分のお風呂にはいるというのが常識になりかけている。だけどそのおかげで町の銭湯からは日に日にお客が遠のいていて、店仕舞いする銭湯がふえているという。そんなことを聞いて、私は何だか無念だった。心細くなってしまった。そのうち町には銭湯が一軒もなくなり、風呂というのは家の中の狭い便所のようなものだけとなり、あの桶の音がコーンとしみ込む裸の体のメリーゴーランドは、もう永久になくなってしまうのだろうか。

そう思うと急に寂しくなって、私は自分の家のお風呂というのを手に入れてしまった。思わずそんなことをして、何だか複雑な気持である。胡桃子は喜んだ。この齢でまだ見栄というのはそれほどないだろうけど、自分の家にお風呂が出来たことで、何か一つ安心したようである。私も便利なので喜んだ。仕事の終った深夜でもはいりに行けるのがいいと思う。お風呂場はタイルではなくコンクリート、だからちょっと感じは暗いのだけど、檜のスノコが敷いてあって、ガスの火を使うポリバスである。服を脱ぐ板の間が一畳分ぐらいついている。中古でだいぶ安かったのだけど、ちょっと遠いのが問題だ。

「ほら、胡桃子、いいかげんに起きなさい。もうお父さん一人で行っちゃうよ」

私はもういいかげんに起こさなければと、胡桃子の肩をぐらぐら揺すった。胡桃子はさっき、寝返り、ではない、食卓の本の上での頬返りを打ったのだけど、それがやっと本から頬を上げた。ぷーっと、目を閉じている分だけ顔がふくれているようである。

「うんむ、にゃあ……もう、ほんとうに……」

などといいかげんな言葉を発している。それから目を引きつるようにして開けて、

「あれ？　お父さん……」

などといっている。

「学校だよ、ほら、学校」

私は少しふざけていった。

「え？」

胡桃子はちょっと慌てかけて、やっと現状に気がつき、

「違うよウ、いまバンご飯食べたんじゃないの。もう。お父さんは」

と、これもふざけながら怒っている。

「ははは、さあ、お風呂だよ、お風呂。今日はもうさんざん汗をかいて来たんだから、ね、ちゃんとお風呂にはいってから寝るんだよ」

そういわれて胡桃子は立上り、頬をついていた本を持って仕舞いに行った。顎を前に出して、肩を下に落して、両手をわざとブラン、ブランとさせている。

私はタオルと石鹼を用意した。それからシャンプーと、あと剃刀は……、と考えながら、そうだ、銭湯ではなかったと思い出した。自分の家のお風呂なのだ。そう思って、思わず気持がゆるむ。まだ切換えたばかりなので、つい銭湯通いのクセが出たのだろう。剃刀はお風呂場に置いてあるのだ。石鹼やシャンプーもお風呂場に置いてある。リンスも置いてある。タオルだけ持って行けばいいのだ。やはり自宅のお風呂場はいいなと思った。私は気持を新しくして、パジャマと下着を用意した。もう玄関に立っている。

「胡桃子も、ほら、自分のパジャマを用意しなさい。それから下着も」

と向うの部屋に声をかけた。

「はーい」

といって胡桃子はまだ眠そうな声である。さっきちょっと眠りかけてしまったものだから、まだその余韻が残っているのか、体がダルン、ダルンとしている。

「よっ……こい……しょっと……」

胡桃子が自分の袋にパジャマと下着を詰めて来た。私はもう玄関でスリッパを突っかけている。胡桃子は玄関の上がり口にしゃがみ込んで、ズックの靴を穿こうとしている。

「あれ？　胡桃子、今日は銭湯に行くんじゃないんだよ。うちのお風呂だよ」

胡桃子はズックを引き寄せようとしていた手を止めて、ポカンとした顔で上を見た。唇がプツンと半開きになって、まぶたがストップモーションのようにまばたきもせず、まん丸い目が中空を見ている。それからそのまん丸い目が急にゆるんで、

「あっ、そっかァ、お風呂なんだ、うちのお風呂……」

と急に元気な声を出した。

「そうだよ、お風呂だよ。うちのお風呂だからスリッパでいいんだよ」

「そーだ、そーだ、ぶァんざァーい」

胡桃子は思わず両手を上げて、パジャマを入れた自分の袋を天井に放り上げた。上に飛んで落ちてくる袋からパジャマがこぼれそうになる。

「あ、こりゃ！　またそんな……」

袋はそのまま胡桃子が受け取めて、こぼれかけたパジャマを私がかろうじて指の先に引っかけた。

「ほらあ、汚れちゃうじゃないか」

「そうなんだね、ワタシ、セントーかと思ってカン違いしてたよ」

「ははは、そうだよ。お父さんもね、さっきつい勘違いして、石鹸とかシャンプーとか持って行こうとしてた」

「石鹸はお風呂場に置いてあるもんね。シャンプーも」

「そう、リンスもね」

「胡桃子の水鉄砲も」

「そうそう、さあ行くぞ」

私は両足にスリッパを突っかけて、玄関を開けて先に出た。

「やっぱりうちのお風呂はいいね」

そういいながら、胡桃子も小さな花模様のスリッパを突っかけて出て来る。

「うん、いつでもはいれるもんね。胡桃子一人でもはいれるんだよ」

私はズボンの後のポケットから鍵を出して、玄関に錠を降ろした。鍵を引き抜いてからもう一度戸に手をかけて、錠のかかり具合を確かめる。

「ワタシ一人かァ、一人はまだムリだな。胡桃子、まだ電車に乗れないもん」

胡桃子は一人でお風呂に行く場合のことを本気で考えている。

「乗れるよ。もう自分で切符買えるじゃない」

「買えるけど……、それはお父さんといっしょのときなら買えるけど……」

外はもう日が沈んで、だけどまだ空は明るく、西の方がオレンジ色になっている。雲のかたまりがいくつか、下から光を受けて金色に輝いている。

「うわ、凄い夕焼け……」

「ホント、凄いユーヤケ」

通りに出ると、駅の方から勤め帰りの人たちがチラホラと歩いて来る。みんなまだ勤めの帰りなので靴を穿いている。その靴のキッチリと固くて重い感じに、一日働いて来た疲れがこびりついている。私と胡桃子はうちのお風呂に行くのでスリッパである。二人にはそれがちょっぴり誇らしい気持である。だけど胡桃子はまだ一人でお風呂に行く問題を考えている。

「やっぱりまだワタシ一人じゃムリだな」

「でも胡桃子も練習しとかないとね」

「うーん、でもね」

「だってさ、たとえばね、もしお父さんが風邪ひいたりしちゃって、お風呂に一週間もはいれなくなったりしたら、胡桃子は一人ではいるんだよ」

「うわァ、お父さん風邪ひくの？」

「もしひいたらだよ」

「困るなァ、ひいたら」

「ひかないけどさ、もしひいたら」

「そうしたらワタシも一週間オフロにはいんないもの」

「駄目だよ、そんなのは。胡桃子なんて毎日クロンボみたいに真っ黒になるのに」

「クロンボだって」

「そうだよ。あ、こんばんは……」

向うからアヤちゃんのお父さんがやって来たのだ。アヤちゃんは胡桃子の同級生。お父さんは確か都庁にお勤めとか聞いたけど、黒い鞄を下げて、いま電車を降りて来たのだろう。

「いやあ、これは、こんばんは」

「暑いですねえ。いやちょっとこれから、うちのお風呂に行くもんで」

私は「うちのお風呂」というのが自慢気に聞えないように気をつける。自分ではいくら嬉しいと思っていても、「うちのお風呂」というのはごくふつうのことであって、それを自慢しているなんて思われるのは恥ずかしいことだ。

「コンバンワ」

胡桃子も小さく頭を下げている。相手が同級生のお父さんなので、何故かしら首をよじって照れている。

「いいねェ、胡桃子ちゃん。お父さんとお風呂？」

「ハイ」

「ははは、じゃ行ってらっしゃい」

「ええ、どうも……」

父子家庭というのはことさら同情されることがあるものだけど、いまは何ごともなく通過した。

「アヤちゃんのお父さんって、立派だね」

「うん、偉いんだよ。トチジだっていってたよ」

「都知事？」

「トチジ」

「都庁でしょう」

「あ、トチョーかな」

　スリッパで歩く道路は、裸足の感じに近い。道路の表面の凹凸が何かていねいなものに感じられて、ときどき踏みつける石コロや釘のカケラなどが、まるで部屋の中に転がっているガラクタのようだ。廊下を歩くはずのスリッパを穿いて、それで畳の上を歩くようだ。それがアスファルトのところではピタン、ピタンと気持がいいけど、途中で舗装してない砂利道にはいると、足の裏がゴロゴロとする。スリッパの底を引きずる感じがザラザラとなる。自分の体に白い砂がひっつくようだ。

「こういうジャリ道はダメだね、お父さん」

「うん、スリッパはやっぱりアスファルトがいいね」

「胡桃子は廊下がいいな」

「そりゃあスリッパで歩くのは廊下が一番いいよ」

「ワタシ廊下がほしいな」

「ははは、胡桃子はまた廊下か。そのうちね。廊下はお父さんだって考えてるんだよ」

こんど本当に廊下を探そうかな、とも思った。お風呂が出来たんだから、こんどは廊下だな。でも廊下は高いだろうな。いや高いというより、なかなかないだろうな。

「お父さん、お金ちょうだい。胡桃子、ワタシの切符は自分で買うから」

駅に着いたのだ。

「よーし、ちょっと待って」

私はズボンの横のポケットの中の小銭を探る。その指先で銀色の百円玉をつまむ用意をしながら、

「いくらか、わかるの？」

と聞いてみた。

「わかるよ。うちのお風呂はコウエンジでしょ」

胡桃子は切符売場の上の地図を見ている。

「そう高円寺」

「コウエンジっていうのは円の字のあるところだから、ほらあそこ。コクブンジから一、二、三、……九つ目、二三〇って書いてあるから二三〇円でしょう。こどもは半分だから、えーと、えーと……、あれ？　これ半分にしにくいな」

「あのね、ハンパは切り捨てだから、こどもは一一〇円」

「はい。だから下の赤いボタンの一一〇のとこ押せばいいんでしょ、こどものボタン」

「そうそう、わかってきたな」

「胡桃子は算数トクイなんだから」

私はポケットの中で用意していた百円玉と十円玉をつまみ出して、胡桃子に渡した。

「そうか、それならもう胡桃子は一人で行けるな」

「あ、一人はムリだよ。算数はトクイだけど一人はムリだよ」

胡桃子はまだ一人というのに抵抗している。私たちは切符を切ってもらって改札口を通り抜けた。ちょうど電車が着いたのか、また靴を穿いた勤め帰りの人たちがザワザワと改札に向って押し寄せて来る。しばらく立止ってやり過してから、私と胡桃子はスリッパで階段を昇った。一段一段踏むたびに、スリッパの底が足の裏から離れて、パタパン、パタパンと変なリズムだ。階段を登って横に歩いて、今度はホームに降りるときには、パタピラ、パタピラと、これもまた変なリズムだ。それを感じて胡桃子がニコッと笑ってこちらを見ながら、階段をわざと早く降りてみたりしている。そうすると花模様の小さいスリッパがパラララララ……と、連続的に鳴ったりしている。ホームに降りた。まだ電車は来そうにもないので、スリッパでホームをなでるようにゆっくり歩いた。

「でもね、あのさあ、アヤちゃんのところのお風呂、部屋のすぐそばにあるんだって」

胡桃子はさっきアヤちゃんのお父さんに会ったことから、アヤちゃんの家のことを思い出している。

「ふーん、それは便利だね」

「アヤちゃんとこ、トチジだもんね」

「都知事じゃない、都庁でしょ」

「そうそう、トチョー、トチョー」

「ははは、別にトチョーじゃなくてもね、本当はお風呂とか台所とかいうのは部屋のそばにあるもんなんだよ。本当はね」

「ホントウは」

「そう、本当はね。だけどいまはそうはいかないな。なかなかうまい具合に部屋のすぐそばにお風呂なんてないもの」

「でもトキマサ君ちもお風呂が部屋のすぐそばだって。カネコさんちもそうだよ。電車なんか乗らなくても、すぐパッと歩いてお風呂に行けるって」

「うん、だからね、本当は……、むかしはだいたいそうだったの。それがふつうだったの。だからむかしから家を持っている人はだいたいそうだよ」

「あ、そうか。むかしからか。うちは引越して来たもんね」

「うん。ね……」

私は少し黙った。引越すまでのことを、胡桃子がどの程度記憶しているのか、よくはわからない。むかしの家のことを、胡桃子ははっきり覚えているのかどうか……。

「でも離れているのっていいよね。ワタシ、スリッパはいて電車乗ってお風呂に行くの好きだもん」

胡桃子はすぐ話を切換えた。私はハッとして胡桃子を見た。胡桃子は振向きもせず、私の前を歩いている。切換えた、とも自分では思っていないのかもしれない。私は胡桃子の丸い頭を見つめながら、話を合わせた。

「そうだよね、スリッパで外を歩くって、気持いいもんね」

「うん、何か、なんていうか、もうここからお風呂って感じ」

「そうそう」

「もう足から先にお風呂にはいりかけてるって感じ」

「そうだよ。胡桃子うまいこというね」

「だって気持いいもの」

引越して来る前の家、お母さんというものがいた家のことを、胡桃子はどこまで覚えているのだろうか。私はその胡桃子の記憶を傷つけたくないので、むかしのことは胡桃子に聞かれたことしか話さないようにしている。だけど胡桃子はほとんど聞いてこない。聞こうとする前に、すでにあるイメージが胡桃子の中には焼きついている。錆びた鉄屑のようなイメージ、寒い冬の山の山頂のようなイメージである。胡桃子はむかしのことを聞く前に、そのイメージと応答している。私に聞こうとする言葉というのは、どれもこれも、その冷たいイメージに向うと吸い込まれて、消えていってしまうのだ。

「でも、お風呂の遠い人って、多いんだよ」

と私はいった。

「うん、ワタシのクラスにもいっぱいいるよ。それからね、オカジマさんちはね、玄関が遠いんだって」

「ああ玄関ね、うちは玄関は近いものね」

「うん、すぐだもん。でもオカジマさんちはね、玄関が五百メートルくらい離れてるんだって」

「ふーん、でもいいよ。電車に乗らないんならまだいい方だよ」

「そりゃあそうだね。玄関まで電車で行くのは、大変だもんね」

「そうだよ。玄関を開けて〝ただいまー〟なんていって、それからまた電車に乗って行くなんて」

「うわァ、それはもう……」

「でも笑っちゃいけないんだよ。いるんだもの、そういう家の人」

私はむかしの家を想い出した。引越して来る前の家で、私はシュラフにくるまって眠っていたのだ。シュラフというのは山などで使う寝袋である。家の中で夫婦の一人がシュラフで眠っているというのは、これは想い出すと恐ろしいことだ。家の中に霜が降りて、床の上を枯葉が転がり、野犬が吠えて行くようだった。まわりが砂でザラザラの崖の上にいるようだった。胡桃子がシュラフにもぐり込んで来ると、シュラフの外は一段と寒くなった。空気はカラカラに乾ききって、硬く透明になっていき、高い岩山の上にいて、頂上にそのまま星が見えるようだった。

「あ、お父さん、腰かけようよ。ベンチが空いてる」

胡桃子がペタペタとスリッパで走って行った。一列全部空いているベンチの真ん中に腰かけて、隣を手で押さえて待っている。

「大丈夫だよ。慌てなくても」

「慌ててはいないけど、早く早く」

私はペタンペタンとスリッパを引きずりながら、ゆっくり歩いて行って胡桃子の横に腰を降ろした。

「あ、あそこも空いてる」

胡桃子はもう一つ向うのベンチを指差している。

「いまはそういう時間なんだよ」

「もったいないな。あんなに空いていて」

「もったいないって、じゃあ胡桃子向うのベンチにも坐って来なさい」

「うーん、でも、それもちょっとね」

中央線の上りホーム。遠くにちょっと見上げるように町並が見える。腰かけている左側、西の空がオレンジ色からもう濃い朱色になって、その朱色が下の方に固く縮みはじめている。腰かけている正面、南の上空に、

「あ、一番星」

といおうと思ったら、それを先に胡桃子にいわれてしまった。

「本当だ。キレイだね、あの星。何か固くてツルツルしてるみたいだね」

と私もいった。その大きく光る一番星の、その表面が見えたような気がしたのだ。木星かもしれないと思った。子供のころ肉眼で見た太陽の表面を思い出した。眩しいのを我慢しながら目をぎりぎりまで細めて見つめていると、表面が鏡のようにキラリと見えた。燃

えているはずの火の玉の表面が、ツルツルの鏡面のようだった。それがこの一番星にも小さくキラリと見えたような気がしたのだ。その私の言葉につられて、胡桃子にも自然にそれが見えたらしくて、

「ホントだ。ツルツル。クルクルしてる。目玉みたい。一つ目小僧」

胡桃子は凄いことをいった。一番星を見て一つ目小僧だと思ったことは、私はまだ一回もない。大空の一つ目小僧。そう思って見ていると、その星はまばたきもせずにじっとこちらを向いていて、私は何となくそこにいることが恥ずかしくなった。

「本当に、一つ目小僧だ……」

といいながら、私はベンチの上で足を組んだ。右足が上になり、左足が下になり、その宙に浮かせた右足のスリッパの底がぶらぶらしている。足の裏がヒヤリとする。何か足の裏が剝がれたようだ。足の裏の分厚い皮がそっくり剝がれて、そのあとがごく薄い皮膚に覆われて、そこにうっすらとうぶ毛でも生えているような、そんな足の裏とスリッパの間を、夕方の風が、こっそり、小さく吹き抜けて行く。

その足の裏で私は幸せだった。この感じは高円寺に自分のお風呂場を持つまではなかったものだ。それまでは町は靴で歩くものだった。町に接する自分の体の二本の脚の先端を、カッチリと密閉している固い靴。その靴の踏みしめているところ、土がこびりつき小石が

はまり込んで、それがザラザラとこすれてささくれ立っている靴の裏側、あのふだんは取り上げて見ることのない狭い靴底の裏側の面積が自分の町だと思っていたのだ。そしてその面積から一センチの厚みを隔てて靴の内側、細かい靴下のほつれた糸屑などが足の裏の汗と綿密に練り合わさって、いつも足の裏に接している湿った面積、そこが自分の部屋だと思っていたのだ。だけどいまは、そんな内側と外側を律義に隔てる固い靴底が消えてしまった。あちこちと探しながら、ちょっと遠くの高円寺に自分のお風呂場を持った末に、厚さ一センチの固い靴底が消えてしまった。そのとたんに何か世の中がいっぺんに柔らかくなったような、骨が全部抜け出してしまったような、フニャリとした妙な気持におそわれている。

「……間もなく……二番線に……上り電車が参ります……危ないですから……白線の内側でお待ち下さい……」

スピーカーからアナウンスがある。いつも同じ女性の声だ。ホームの端の駅員室で、テープがクルクルと回っているのだろう。だけどそれを聞いた胡桃子はニッコリ笑い、こちらを見上げる。

「あれ、ね」

私も思い出してニッコリ笑い、

「あれ、ね」

といった。まだ胡桃子が小学校にはいる前のこと。それまでにも何度かこのアナウンスを聞いていたのだけど、ある日、どうしてもわからないという顔をして、胡桃子が私に質問をした。

「お父さん、ハクサイってどこにあるの？」

駅のホームの上である。いったい何を考えているのだろうと思った。

「だってハクサイの内側でお待ち下さい、なんて……」

うわっ、と思った。凄い風景だ。私の胡桃子を見る目がまん丸になった。それ以来私は胡桃子といっしょになって、ホームに伸びる太い白線を、白菜の行列だと思っている。足元に埋め込まれている白いタイルの点線の一つ一つが、一つ一つ白菜なのだ。日本中の駅のホームが、細長い白菜畑になっている。しかもそれが巨大な白菜である。その白菜の内側で、幾重にも巻き込んだ葉っぱの内側にはいり込んで、小さな胡桃子と私が電車を待っている。危ないですので。

轟音につづいて赤い電車がはいって来た。いっせいにドアが開く。私たちはスリッパで乗り込んだ。またいっせいにドアが閉って、電車がゆっくりと動きはじめる。中には靴を穿いた人たちがぎっしりといる。でもよく見ると、ところどころスリッパの人もいるようである。私たちの立っている後側にもスリッパの女の人が立っている。ジーンズの上に黄色いTシャツを着て、紙袋をぶら下げている。胡桃子もそれを見つけて、そっと私の方を見上げている。

(あの人もお風呂かな?)

と胡桃子の目がたずねている。

(うーん、台所に行くのかもしれないよ)

と私も目で答える。それとなく見ていると、手に下げた紙袋からは葱の青いところが顔を出している。袋の下の方はゴロゴロとして、ジャガ芋か玉葱のような物が感じられる。

(ほらね、これから自分ちの台所へ行くんだよ、きっと)

(ホント)

胡桃子が笑顔でうなずいている。ドアの横の一番端の座席のところにもスリッパの女の人が腰かけている。膝の上に丸っこい風呂敷包みをかかえた、髪の長い女の人である。

(あ、あの人はお風呂かな?)

とまた胡桃子の目がたずねている。

(うーん、お風呂かもしれないけど、あれはもう寝室かもしれないよ)

(でもまだパジャマは着ていないよ)

（うーん、そうすると化粧室）

（え、化粧室？　そんな部屋がわざわざあるなんて、ずいぶん大きい家だろうね）

（うーん、少しずつお金を儲けて、だんだん部屋が増えていったんだろうね。あ……）

パッタリと視線が合ってしまった。声は出していないのに、まるでそれが聞えたみたいに、その風呂敷包みの女の人がじっとこちらを見ている。私はつい視線を外して、窓の上の広告を見たり、何か家賃でも計算しているような顔をしたりして、またその人の方をチラと見た。その人は目を落して私の足元を見ている。それから胡桃子を見て、胡桃子の花模様のスリッパを見てから視線を戻し、目をつぶった。胡桃子が、

（うわァ、ビックリした）

とまた私を見上げている。


お風呂場は高円寺の駅を降りて十分ほど歩いたところだ。私はゆっくりとお湯につかって窓の外を見ている。もう濃紺色になってきた空に半月が出ている。さっきはまだ明るい空に小さな白い紙の切れ端のようだったのが、いまはもうハッキリとした硬い光の月になってきている。胡桃子は洗い場にしゃがんで、今日は一人で頭を洗っている。下を向いて目をつぶって髪の毛を両手でもみながら、

「お父さん、いま何してるの？」

といっている。

「いま？　いまはね、月を見ている。お月さん」

「見える？」

「見えるよ。ちょうどねえ、窓ガラスの真ん中に見える」

「さっきのは見えるかなァ、あの、ほら、一つ目小僧」

「うーん、一つ目小僧か、あれはどこかなあ。でもいまはもう一つ目じゃなくて十つ目か二十つ目になってるよ、きっと」

「うふ……ふふ……」

胡桃子は垂れてくるシャンプーに目をつぶり、しかめっつらをしながら笑っている。私は天井を見た。隅の方に小さな蜘蛛の巣が張っている。ここを借りたときは全部掃除してキレイにしたのに、やっぱりどこか小さな隙間からはいって来るのだ。隣からシャー、シャーとお湯を流す音がする。やっぱりお風呂にはいっているのだ。二階からもやはりシャー、と音がする。まわりが全部シャー、シャーとお湯の流れる音に包まれていて、この建物全体がお風呂なのだ。水槽の中にいるようである。ここにはお風呂場だけがかたまっている。安いところはたいていいそうだ。ここは権利金と敷金が一万五千円ずつで、家賃は月に八千円だ。最近のお風呂場ではずいぶん安い。だからちょっと遠いと思ったけど借りてしまったのだ。

「終りーっ」

胡桃子が頭を流し終って立上っている。頬が桃色にふくらんで、ピッタリと張りついて黒いコンブみたいになった髪の毛の裾から、ポタポタと透明な雫が垂れている。背中が弓のように反り返って、小さなお尻がタンポポの花のようだ。

「よーし、じゃ交代しようか」

私は湯舟に立上る。私が出ようとすると、胡桃子が何か心細い顔をしている。

「はいるんだろ」

「うーん、そうなんだけど」

胡桃子がちょっと足踏みをする。

「あのね、ワタシね、ちょっとオシッコしたくなったの……」

何ごとかと思ったらそんなことだ。

「んーじゃしょうがない。そこの隅にしゃがんでしなさいよ」

「だってこんなところで……、怒られないかな」

「怒られるって、誰に」

「誰か、わかんないけど」

「怒られるわけないじゃないか。お父さんがやんなさいっていってるんだもの。あのねえ、ここはうちのお風呂場なんだよ」

「あ、そっかァ」

胡桃子はやっとその気になった。

「でも何だか、おかしいな。お父さん、向う側向いててよ」

「はいはい、お父さんはお月さんを見てるからね」

濃紺の空に浮かぶ半月が、さっきの窓枠の中から隣の窓枠へ移りかけている。湯舟の中でチョロチョロと、小さな蜥蜴の跳ねるような音がする。


お風呂場を出ると、私はまた鍵をかけた。胡桃子はもう通りに出て、向いの果物屋の店先を見つめながら、湿った髪をペタペタとなでつけている。私は鍵をポケットに仕舞いながら歩いて行って、胡桃子の肩をトンと叩いた。もう二人ともパジャマを着ている。パジャマにスリッパである。

「さあ、帰るぞ」

胡桃子はわざとガクンと首を倒して上を向いた。

「お父さん、ジュース」

「え？」

「お父さん、ジュース」

「うーん」

「ねえお父さん、ジュース」

「しょうがないな」

じつは私もビールを飲みたいので、バッグの中に畳んだズボンのポケットの中から、小銭をいくつか取り出した。

「じゃあお父さんはビールね。胡桃子は何？」

「ワタシはねえ、チチヤスはここにはないし……、えーと……」

胡桃子は向いの果物屋の横にある自動販売機のそばに行って見上げている。

「えーとね、オレンジもいいけど、あれはパインか、あ、グレープってブドウの絵だな」

「またもう、なかなか決らないんだから、早く決めなさい」

「はい、いま考えてるんだよ。でもどうしようかなァ、オレンジでしょ、ブドウのでしょ、となりはカルピス、にパインか、パインもいいな……」

私も優柔不断ではあるのだけど、胡桃子はそれのさらに結晶体である。

「もう。じゃあお父さんが決めます」

「あっ！ 待って！ カルピスソーダ！」

自動販売機の横に低いブロックの塀というか、境みたいなものがあり、二人はそこに腰を降した。お湯から上がってほてった体に、ビールがジューンとしみ込むようである。この駅で降りる勤め帰りの人たちが、何人も固い靴を穿いてコツコツと通り過ぎて行く。パジャマにスリッパで坐っている私たちを、

（うん、お風呂か）

という顔で見て行く人もいる。私はまたジューンとビールを飲みながら、

「だけど今度は居間がほしいね」

と胡桃子にいった。

「イマって？」

「いやね、お風呂はいったあとなんかに休んだりする部屋」

「ふーん」

「夏はここで気持いいけど、冬になったら寒いもんね。ここじゃビール飲めないよ」

「そりゃあそうだネ」

「でも高いだろうな、居間は」

「ふーん」

通行人の中にはときどきスリッパにタオルの人もいる。それから洗面器に石鹼やシャンプーを入れている人もいるのだけど、それはたぶん銭湯に行く人だろう。私がそう思って見ていると、胡桃子も、

（ね）

という顔で振り返りながら、私の肘をつついたりしている。飲み干した空罐を、

「カラン」

「コロン」

と一つずつ空罐入れに放り込むと、私たちはまたスリッパでピタン、ピタンと駅に向った。

ホームに上ると人はあまりいなかった。私たちはベンチに腰を降ろして、しばらくはボーッとなっていた。ここのホームは高架線でも特に高くて、地上十五メートルくらいはあるだろうか。空は濃紺色のさらに濃い色になりかけていて、遠く下の方に町並が電気の光で明るく見える。その遥かに遠くの低い町の地面を見ていると、まるで飛行機で飛んでいるみたいで、足の裏がヒヤリとする。まわりのものが消えてしまって、ホームも柱も売店も駅の改札口も消えてしまって、私と胡桃子のベンチだけが、地上十五メートルに浮かん

でいるようだ。胡桃子も桃色の頬のまま、ボーッとなって町を見ている。

風が吹いている。だけどこの高さでは埃も飛んで来ないし、虫もいない。匂いもしない。透明な風だけがフワッと体を包んで飛んで行く。お湯にほぐれた体が、風の中で眠ったようになっている。またフワッと風が来て、私の体を包んで行った。私の体温だけが体の形になって、それが風に包まれて飛んで行く。ヒューン……、ヒューン……と私の体温を包んで行って、そのたびに私の体は涼しくなって、軽くなる。地上十五メートルのベンチから、ヒューンと包んで上の方に、二十メートル……、三十メートル……、五十メートル……と飛んで行って、もうほとんど黒に近い濃紺色の空に向って、つぎからつぎへと消えて行く。

「お父さん、今度は居間なの？」

と胡桃子がいった。

「うーん、そう決めたわけじゃないけど、今度ほしいとしたら居間かなと思って。でもすぐはちょっとムリだね」

「胡桃子は廊下がいいなァ。うちは台所は板の間だけど、廊下がぜんぜんないんだもの」

「うーん廊下ね、胡桃子は廊下が好きだね」

「だってアヤちゃんとこの廊下、キレイなんだよォ」

「ああ、お父さんもこの間胡桃子を迎えに行ったときに、台所の方からチラッと見たな」

「茶色っていうか、オード色だナ。ピッカピカに光ってるの。スリッパで歩くとね、ピタンていうか、ピチンていうか、凄くいい音がするんだよ」

「ふーん、本当にキレイそうだね」

「凄くキレイ。顔が映るし、寝転んだりすると凄っく気持いいんだよ」

「うーん、それは廊下もいいけどねえ、でも廊下だけあってもねェ。やっぱりまず借りるとしたら居間が先だな」

「でーも廊下がいいよ。せっかくお風呂があってスリッパ穿いて行くんだもの。やっぱりスリッパで廊下を通ってから行きたいな」

「うーん、まあそれはそうだけど」

「ねッ、廊下にしようよ、こんど」

「でもねえ」

「いいよォ、ワタシ遠くてもガマンするからさァ。スリッパを穿いてまず廊下を通って、それからお風呂に行くの」

「そりゃあ、まあ、いずれは廊下もいるからね。じゃあ帰りにどこかで降りて、不動産屋に行ってみようか」

「やったァ、ぶァんざァーい」

胡桃子がまた自分の袋を放り上げかけたので、私は慌ててそれをつかんだ。

「こりゃ、ばかだなあ。ここで落したらもう拾えないよ」

「うわァ、でもいい廊下あるかな」

「うん、吉祥寺の駅前にね、不動産屋がずらーっと並んでるところがあるから、ちょっとそこに降りてみよう」


吉祥寺の駅のまわりは眩しいほど明るかった。店の明かりや、街燈や、自動車のライトなどがキラキラしている。勤め帰りの人たちがたくさんグループでお酒を飲んだりしていて、映画館の前にもたくさん人が群がったりしている。あまり明るいので、私たちのパジャマがちょっと派手に感じてしまう。でもときどきスリッパの人がいるし、パジャマで酔払ってふらーり、ふらーりとしている人もいる。

不動産屋の通りに来ると、ガラス戸にたくさん貼紙がしてある。それを何人もの人が立止って見ていて、中にはスリッパの人も大勢いる。

台所　二畳ステンレス流台三鷹駅

五分礼二敷一―一万二千円

風呂　ポリ三畳床白タイル西荻駅二分礼一敷一―二万二千円

便所　水洗団地形手洗付板間中野駅四分礼一敷一―八千円女子に限る

床の間　一畳本格桜板張阿佐谷駅十五分礼二敷二―二万円

床下　八畳高五〇センチ荻窪駅礼一敷一―二千円格安！

「お父さん、廊下って漢字、ぜんぜん見えないね」

「いやぜんぜんじゃないけどね、お父さんもさっきから見てるんだけど、なかなかないみたいだね。たまァにあると思うと赤でバッテン印がしてある」

「バッテンは何なの？」

「これはね、もう先に誰か借りちゃって、決っちゃったという印なの」

「ふーん、つまんないの」

ガラスの貼紙の隙間から中をのぞくと、不動産屋の人か何か、大きく口を開けて笑っている。歯の奥の方の両側に金歯が見える。女の人がお盆にお茶を持って来て、テーブルに置いている。別のソファに学生みたいな男が二人、何か熱心に地図を見ている。

「ちょっとはいってみようか」

「大丈夫かな」

「うん、まずちょっと様子を聞いてみるだけね」

ガラス戸を開けると、

「はい、いらっしゃいませ」

と女の人がこちらを見てくれた。金歯の男は前の人を相手にまた口を大きく開けて笑っていて、その口を閉じるときにこちらをチラッと一回だけ見ている。やはりここの不動産屋の人のようである。

「どぞ……そこ……おかけになって……」

奥から女の人がいいながら、私たちのパジャマ姿をチラッと見ている。丸い椅子が二つあったので、胡桃子と二人腰を降ろした。壁に「廊下」という大きな文字のポスターがあり、ハッとする。色刷のピカピカ光る紙のポスターで、背景には森があって山があって青空があり、森に見え隠れしてキレイな町並があり、手前の芝生に黄色い大きな廊下が一本、ドッシリ、という感じで置いてある。

「幅一メートル二〇、長さ八メートル。総檜板張。東大和（ひがしやまと）駅から五分。完成時全十八本。募集開始八二年三月」

これはとりあえずお知らせだけなのか、値段は書いていない。だけど相当高そうな感じである。廊下だけで月に三万円も取られそうな感じである。胡桃子もときどきその廊下の写真をじーっと見たりしながら、はじめてはいった不動産屋の内部をキョロキョロと見回している。奥から女の人が麦茶を持って来てくれた。胡桃子のはコップにはいったサイダーのようである。

「はーいどーぞ……、お嬢ちゃん、ここに置きますからね。あらァ、可愛いパジャマね。お母さんが縫ってくれたのかしら？」

胡桃子は困ったような笑い顔をして、私を見ている。

「いえ、これはあのう、ちょっとあれで……、そこのセーブで……」

「あら、そォーですかァ、可愛いこと」

女の人はリズムだけは間違いなく挨拶をして、奥へ行った。不動産屋の人と話していたのは近所の商店の人らしく、

「じゃまあ……私は……だから……また……」

とか大きな声でいって腰を上げた。

「いやいや……でもいまの……うちもねえ……まとにかく……」

不動産屋の人も立上って、物凄く大きな声で送り出した。

「いやァ……いまの……さんのはまったく……だよ……」

などと奥の女の人にいって、お茶を飲みながら、学生の方と私の方をチラチラと見ている。学生の方はまだ地図をのぞき込んでいるので、私に向って、

「何でしたか？　まあどうぞ、おかけ下さい」

とテーブルの前のソファをすすめてくれた。

「はい、お嬢ちゃんもどーぞ、可愛いネ。今日はお父さんと、お風呂かな」

と胡桃子にも言葉をかけた。いわれて胡桃子もソファに来て、私の隣にピタリと坐った。

「それで？」

という不動産屋の声はやはり大きい。それに比較すると、

「いや、あのう廊下なんですけど……」

といった自分の声があまりにも小さくて、私はまたちょっと慌ててしまった。でもそれを挽回しながら、自分の希望、いまの事情、妥協する範囲、仕事の状態、そういうことを少しずつ話すのだけど、それがやはりどうしてもボソボソという感じになってしまう。

「廊下ねェ、いま廊下はなかなかありませんよ。こないだうちならたくさんあったけど、いまはホラ、もうみんな風呂場や台所を揃えちゃって、こんどは廊下をねらっているから……。土間ならありますよ、土間ならいまは……」

「いや、土間なんてまだ、いまはやはり廊下がほしくて……。あのう、うちは風呂場は高円寺なんだけど、いま住んでいるのが国分寺なんで、まァ、吉祥寺か三鷹あたりに廊下があれば理想的だと……」

「予算、どのくらいなの？」

「いや、あんまり……、まあ幅一メートルの長さ五メートルで月に五千円くらいならと思って……」

「あのね、お客さん。そりゃ予算のないのはわかるけどね、五千円でそのくらいの廊下があれば私が借りますよ、わたしが」

「……あの、ちょっとくらい駅から遠くてもいいんですけど……」

「この間ねェ、幅三〇センチの長さ二メートルで五千円てのがあったけど、もうあっという間に決ったね。ホント、あっという間に」

「……………」

「まァあんたのその条件なら、我孫子だね、我孫子。我孫子のわたしの弟の店でちょうどそんな物件があるんだってよ。きのう電話でね、いってきた」

「我孫子って、どこですか?」

「近いよ。ここから中央線で、御茶ノ水で乗り換えて、秋葉原から山手線、それで日暮里から常磐線で松戸のちょっと先よ」

「千葉県ですか」

「マァ乗っちゃえば一時間ちょっと……」

帰りの電車の中で、私たちは黙って坐っていた。もうラッシュはだいぶ過ぎているけど、まだまだ人は大勢乗っている。気がつくとみんな黙っているようである。胡桃子が小さい声で質問をする。

「お父さん、アビコって、どこ?」

「あのねえ、千葉県だって」

「チバケンって？」

「むかしさあ、もうずいぶんむかしだけど、胡桃子も海水浴に行ったことあるんだよ。千葉の御宿ってところに」

「オンジュク」

「うん、それはもう海の近くなんだけどね」

「ふーん、凄いところに廊下があるんだね」

「うん……。凄いところだ」

「アビコって……、何だか……、魚屋で売ってるみたいだね……」

胡桃子はもう眠そうな顔になっている。

「あのね、駅に着いたらお父さんが起こすから、ちょっと眠ってなさい」

「はーい……」

「そのかわり起こしたらすぐ起きるんだよ」

「はーい……」

胡桃子はすぐに目を閉じた。目を閉じると唇が少しずつ開いてくる。ずいぶん眠かったのだ。膝の上に伏せていた両手が、右と左、順番に力が抜けて、上向きになっていく。まぶたの下の眼球が、一回グルリと動いた。中で赤い模様がひろがっているのだろう。

# たまらん坂

黒井千次

**黒井千次**　くろい・せんじ

一九三二年（昭和七）、東京府豊多摩郡杉並町大字高円寺（現・杉並区高円寺）生まれ。父の転任により、一時名古屋市に移る。一九三七年（昭和十二）、東京に戻る。以降、西大久保、中野、小金井、府中、東中野、とJR中央線沿いの土地に転々と移り住む。東京大学経済学部経済学科卒業後、富士重工業株式会社に入社。会社勤めの中で小説を書き続け、一九六九年、参加していた同人誌『層』に発表した小説「穴と空」によって芥川賞候補となるも受賞せず。一九七〇年、「時間」によって芸術選奨文学部門新人賞受賞。会社勤めを止めて文筆生活に入る。以降『五月巡歴』『春の道標』『群棲』『カーテンコール』『羽根と翼』『一日　夢の柵』他の作品を発表。最近作は二〇二一年の『枝の家』。

登り坂と降り坂と、日本にはどちらが多いか知っているかい、とビールのコップを置いた飯沼要助が急に真顔で訊ねて来た。

はて、と虚を衝かれて私は考えこんだ。

日本列島の脊梁には山脈が連っているのであるから、これは当然登り坂の方が多いような気がするが、一方、山の頂きから見下せば常に降り坂だけが足許から延びているわけであり、こちらの数も案外馬鹿にはならないぞ、と首を捻った。

なんだ、登り坂とはつまり降り坂のことではないか、と思い当るまでにほんの僅かの時間しか費しはしなかったが、それでも相手は私の一瞬の戸惑いを見逃さず、にやりと表情を崩して愉快そうに天井を振り仰いだ。

やられた、とすぐ気がつきはしたものの、その口惜しさより、戸惑いの内にちらりと覗いたなにやらひどく透明な感覚の渦のようなものの方が遥かに強く私を捉えた。留め金が外れ、ぐらりと視界が動く感じだった。突然生れた渦の底に音もなく吸い込まれていくのに似た奇妙な目眩と戦きを覚えた。幾重にも重なり合う登り坂の向うに透き通った降り坂の群れが犇めき、その間から考えてもみなかった未知の拡がりが浮かび上って来る。

実際、もしも日本には降り坂の方が登り坂より千九百三十七多いのだ、などと判明した時の驚きはどう説明したらよいのだろう。

だけどな、とビールのコップの表面についた水滴を親指と人差指の腹でゆっくり撫で下しながら口を開いた飯沼要助の顔には、先刻とは違う妙にしみじみとした表情がにじんでいた。

「真面目な話、坂の数は降りより登りの方がかなり多いんじゃないか、と俺は思っているんだ。」

「どうして。」

人をひっかけておいて、こいつも存外身体の奥では私と似たようなことを感じているのだろうか。

「夏目漱石の『草枕』の主人公がさ、ほら、『智に働けば角が立つ。情に棹させば流される。意地を通せば窮屈だ。兎角に人の世は住みにくい』って考えたのは、山路を登りながらだったろ。あれがもし降り坂だったら、彼はそんなふうには考えなかったんじゃないのかね。」

「智に働いても角が立たないのか。」

「いや、そもそも降り坂では人間の思考力は働かないのかもしれない。そう、働かないんだよ。」

「そういえば俺が最近読んだ小説の中には、男というのは坂を降りる時が最も男臭くなるものだ、と書いてあったな。」

「すると、日本中の男が坂を降り始めたら凄いことになる。」

「男にはもう住めないよ、臭くて臭くて。」

「女の場合はどうだろう……。」

飯沼要助の声にふと気弱げな湿りが感じられた。

「坂の下で、降りて来る男でも待ち構えるさ。」

「女が降りる時は。」

「それはもう、何も考えんだろう。」

「どっちにしても性的な存在になりきるわけか。理性的でも知性的でもなくて、ひたすら性的な。」

「性的になれば、確かに思考力は鈍るだろうよ。」

「交尾している犬なんかは、でも、考え深げでもあるがねえ。」

飯沼要助は眼尻に皺を寄せて酸いものでも嚙み潰したような笑いを浮かべた。昔からそれが一番彼らしい顔だった。

「坂の傾斜にもよるのかもしれんな。」

ふとなにかを摑み出して来る目付きになって彼が言った。

「なんだか坂にこだわるね。」

「俺の家がさ、坂の上にあるんだよ。」

「坂の上の家とは素敵じゃないか。国立だって、さっき言ったな。」

「駅は国立で降りるんだ。でもそれがおかしな坂でさ、五百メートルもあるかないかなのに、登っているうちに国立市から国分寺市に変って、あっという間に今度は府中市になる。」

「急な坂なのか。」

「そういう説もある。」

「実際にはどうなの。」

「国立のあたりは来ることがないかね。」

「自分の通勤する区間ではあちこち途中下車する機会がいくらでもあるけれど、それを越して都心とは逆の方に行くことはまずないね。俺にとっては、降りる駅が終点だよ。」

「それじゃあ、多摩蘭坂といっても知らないな。」

「有名な坂なのかい。」

「地元ではね。」

「由緒のある。」

「それが問題なんだ。実はな、少し勉強したんだよ。」

「昔から俺より勉強家だったよ。」

「図書館などという所に何十年振りかに出かけたんだから。」

　空になっていたハイライトの袋を握り潰し、煙草とビールを一緒に注文すると飯沼要助の顔は俄かに汗とも脂ともつかぬもので光り始めた。


　君は坂を登って家へ帰るという経験があるか、と要助は詰問に近い口調を私に向けた。同じ中央線沿線の武蔵野に住んでいるとはいえ、私の家は起伏から見放された平坦な土地の只中にある。今日、帰宅する電車の中で十数年振りに飯沼要助にばったり出会ってこの店の椅子に坐るまで、坂の上の家に思いを寄せたことなど絶えてなかった。生れた家も、そこから移って育った土地も、要助と知り合うようになった学生時代の住居も、すべて平らな土地の上にあった。

　そんな気の利いた場所には住んだことがない、という私の答えを聞いて、彼はゆっくり首を横に振った。それは私を憐んでいるようにも、羨んでいるようにも見えた。

　要助の場合、家へ帰るのと坂を登るのとは全く同じことでしかない。明るい街灯に照らされた商店街を抜けた後、丈の高い水銀灯がぽつんぽつんと灯る坂道を俯きがちに登っているうちに、少しずつ身体が家に向けて馴染んで来るのだという。いや、家の中にはいり難いものを削ぎ落し、それでも残る固い異物を碾き潰し、ようやく家の扉をくぐる滑らかな身体が出来上ってくる。そのために、帰りのバスは一つか二つ手前の停留所で降りて歩いて坂を登ることが少なくないらしい。十一時を過ぎて最終バスの出た後は、駅からタクシーに乗らずに二十分近くもかけて歩き続ける折も多く、その最後に坂にかかるわけである。

　それは帰宅の儀式のようなものなのか、と私は訊ねてみずにはいられなかった。むしろ帰宅に伴う必要悪じゃないのかね、と要助はまた彼特有の酸いものを噛んだ時に似たどこか眩しげな笑いを顔に拡げてみせた。

　要助が坂を登る自分を意識しはじめたのは、勤め先にアルバイトで来ていた女子学生との仲に関係があるらしかった。当初は冗談のような小さな贈り物の遊びが、いつの間にか自分でも驚くほどの意外な熱を孕み、遂には妻に隠しきれぬものにまでふくらみあがっていた。それに気づいて問い詰める妻の疑いを否定しなかった夜、妻は突然立上ると玄関を出て小道を走り、バス通りの坂を一気に駆け降りて行ったのだ。バスの停留所まで後を追った要助の眼に、丈の高い水銀灯の下を姿を乱して転げ落ちるように遠ざかって行く妻の白いブラウスがいつまでも見えた。

その坂を登って毎晩帰るわけか、と私は思わずこみ上げて来る笑いを噛み殺した。

もう随分前のことさ、と要助は薄い脂の膜を引いたような眼に苦みの混った懐しげな光を滲ませた。

それから幾年かして夫妻の間の揉め事も過去のこととなり、一人息子が高校へ通い出した頃のある帰り道、要助は奇妙な発見をした。

坂にかかって登り始めた辺りの左手に、金網張りのフェンスを持つ駐車場があった。フェンスには、「たまらん坂」「有料駐車場」と黒と赤の字で二段に横に書き分けられた看板が取り付けられていた。

坂を登っていれば自然に眼にはいって来る看板ではあったが、余りに屢々（しばしば）見ていたために、要助にとってそれは、切通しふうの壁を支える石垣や住所表示のついた電柱などと全く同じように、道端のありふれた風景の一つになってしまっていた。

ところがどうしたわけか、ある夜通りがかりになにげなく眺めた看板から「たまらん坂」という黒い文字が浮き上り、それ迄とは違った顔で要助の中に飛び込んで来た。

「たまらん坂」の名が「多摩蘭坂」とは別の新しい名前として突然彼の内に生れていた。「多摩蘭坂」は本当は「たまらん坂」ではないのか。いや、「堪らん坂」ではなかったのか——。

バスの停留所にも、ガソリンスタンドの壁にも、眼につくものにはすべて、「多摩蘭坂」と書かれていたので、従来は「たまらん坂」を漢字から仮名に書きかえたものとばかり信じ込んでいたのだが、その時から、逆に「多摩蘭坂」の方が宛字ではなかろうかとの強い疑問を要助は抱くようになった。そういえば、「多摩蘭」などと呼ばれる蘭の種類は聞いたことがない。考えれば考えるほどわざとらしい名前に思われてくる。

そのことを妻に訊ねてみたい、と幾度か口の端まで出かかったが、なにかとんでもない言葉が返って来そうな気がして要助は躊躇った。坂を転げるように駆け降りて行く妻の後姿が彼の奥に棲みついていたからだ。

疑問をかかえ込んだまま、朝は道路の傾斜をあっという間にバスで走り抜け、夜になると自分で勝手に選んだ呼び名を身体に刻みつけるようにして坂に歩を運ぶ日が続いた。家庭の暮しが揺れ動いた日々にではなく、むしろ安穏が戻った後になって坂の名への拘わりが芽生えたのが不思議だった。しかしそれだけに、疑念はかえって時の細やかな襞の窪みに沁み通っていくらしかった。いわば疑いによって「たまらん坂」は要助のものとなりつつあったのだ。

五月の初めだというのに初夏のように蒸し暑い土曜日の午後だった。一週間おきに訪れる休みの土曜であったため、妻が買物に出た後の静かな時間を要助はソファーに横になってぼんやり過していた。

鍵のかかっていなかった玄関の扉が大きな音をたてて閉じられ、最近急に身長が伸びて父親を抜くまでになった息子の姿がぬうっと部屋にはいって来た。お帰り、と声をかけても口の中で小さくなにか呟く気配を見せただけで、ろくに返事もしない。重そうな鞄を床に音たてて落し、それとは反対に手にしていたレコードをひどく慎重にテーブルの上に置くと、息子は台所の方に出て行った。

ささやかな静謐（せいひつ）もこれで終りか、と要助はがっかりした。首筋に汗を光らせ、鼻の下の薄い髭が眼につくようになった息子の図体が、家の中の暑苦しさを一層募（つの）らせた。

台所で水を飲んで来たらしい息子は口の脇を手の甲で拭いながら、ママは、とさして気にしているふうでもなく訊ねた。紀ノ国屋まで買物に出た、との要助の言葉には反応もみせず、息子はポケットから引き出した汚れたハンカチで丁寧に手をふくとすぐステレオにスイッチを入れてレコードをのせた。

いきなりドラムの音が、天井と壁と床と窓とソファーとテーブルと、部屋にあるすべての物を叩き出した。重く粘るギターの電気音がそれに絡んで立上ると、「ほら、もういっちょう」と掛け声が飛んだ。

「なんだ、これは。」

要助は思わずソファーから飛び起きて息子に呼びかけたが、スピーカーからの音に掻き消されて相手には聞えないらしい。ステレオの前をゆっくり離れて横の椅子に沈もうとする息子の肩を突いた。振り向いた息子に、ボリュームを絞れ、と要助は手首を激しく左に捻ってみせた。不承不承ステレオに近づいた息子がようやく音量を少し下げて椅子に戻る。

「なんだ、これは。」

椅子の背もたれから出ている頭に口を寄せて要助は同じ問いを繰り返した。

「アール・シー。」

「なんだって。」

女に不自由はしないぜ、という叫ぶような歌詞の向うから、「RCサクセションだよ」と答える面倒臭げな息子の声がやっと要助の耳に届いた。

「ロックのバンドなのか。」

「『ロックン・ロール・ショー』っていう曲だから、きっとそうなんでしょ。」

揶揄する口振りで息子が言った。

「もう少し音を小さくするか、ヘッドフォーンで聴けよ。近所から苦情が来るぞ。」

「平気だよ。昼間はいつもこのくらいの音で聴いているもの。」

「ママは文句を言わないのか。」

「一緒に聴いてるよ。」

その答えが要助を驚かせた。こんな騒々しい音楽に子供と共に耳を傾ける妻があるとは信じ難かった。どういう顔をして聴いているのか、と想像すると、滑稽であるよりなにか空恐ろしい気分に襲われた。それが夫には決して見せることのない妻のもう一つの顔であるような気がしたからだ。歌というより騒音にのった叫びか語りに近い声に曝（さら）されながら、彼は反撥とは別の落着きのない気分に陥った。

曲が変って前よりはややメロディーのある歌が流れ出して来た時、要助は息子に対してそれ以上の小言をいい立てる気持ちを失っていた。細かくリズムを刻まれながらその上を流れていく言葉が、少しずつ耳にはいるようになって来たためらしかった。言葉がなにを喚（わめ）いているのかわからぬ英語ではなく、日本語であるのがせめてもの救いだった。

三曲目は慎しやかなギターの伴奏に導かれてすぐ歌詞が現れた。スローテンポの、言葉を引き伸ばした上で切り離し、一つ一つ眼の前に貼りつけていくような歌い方だった。夜の夢が電話のベルで醒まされた、と告げる少し掠（かす）れた男の声を要助の耳は仕方なしに追っていた。

その曲が途中まで進んだ時だった。

「おい、今なんて言った。」

要助は突然横の息子の肩を摑んで揺すり上げた。

「なにが。」

「忘れたことがあって、その次はなんと言った。」

「多摩蘭坂を登り切る……。」

「多摩蘭坂と言ったのか。」

「だって、『多摩蘭坂』という曲だもの。」

「そこの多摩蘭坂のことか。」

「そうだよ。忌野清志郎はたしか国立に住んでいるんだから。」

「この変った声で歌っている奴がか。」

「これは作詞も作曲も清志郎だろ。」

「歌詞を書いた紙があるか。」

父親の勢いに押されたのか、息子は素直にレコードのカバーの中から大きな四角い紙を引き出して要助に渡した。五人の若者達が大型トラックの運転台のように見える横長いガラス窓に貼りついている写真をひっくり返すと、二つ折りの最終面にサイド1とサイド2に分けて横書きの歌詞が並んでいる。要助の眼は忙しく走って曲のタイトルを捜した。

「『多摩蘭坂』だ。」

要助はがっかりしてソファーに身を落した。

「そう言ったじゃないか。」

「いや、平仮名の『たまらん坂』かと思ったのさ。」

曲は多摩蘭坂の途中の家を借りて暮らしている若者の、どこか淋しげで甘美な心情を乾いた声で歌い続けている。

「あの坂は多摩の蘭の坂と書くんだよ。」

そんなことも知らなかったのか、と言いたげに息子は要助を見た。しかし坂の途中にある駐車場の看板には、平仮名で「たまらん坂」と書かれているぞ、と要助は言い返したが、息子の方は、へえ、と興味なさそうに応じただけだった。

窓からのぞいているお月さまに、キスしておくれよ、とせがんだ後、音が静かに引き揚げて行くようにして曲は終った。

「もう一度今の歌を聴かせてくれないか。」

歌詞の書かれた紙を睨んだまま要助は頼んだ。

「いいよ。気に入ったの。」

息子は身軽に椅子を離れ、野太いギターの音とドラムの響きが重なりかけている次の曲から針をあげると、レコードの溝の切れ目を探って再び針を落した。

「やはり、多摩の蘭ではなくて、堪らない坂だよ、この歌は。」

繰り返された曲が終った時、要助は独り言のように呟いた。

「そう言えば、清志郎か誰かがこの曲のことを雑誌かなんかに書いていてえ……。」

息子はふと記憶を探る眼付きになった。なんと書いてあった、と要助は沈んでいたソファーから身を乗り出した。

「昔どこかこの近くで戦があってえ、一人の落武者がここの坂を登って逃げながら、たまらん、たまらん、て言ったのでそういう名前がついたとか、そう言う話じゃなかったかな。」

「その雑誌があるか。」

「なんで読んだか忘れちゃったよ。清志郎だったと思うんだけど、違ったかもしれない……。」

要助が強い興味を示して詰め寄ると息子は急に自信なげに言葉を濁らせた。

「やっぱりそうか、落武者か。そんな言い伝えがあるのか。みろ、多摩の蘭なんて嘘っぱちじゃないか。」

「そんなこと知るかよ。でも、今の坂の名前は多摩の蘭の坂で、清志郎はその坂の歌を作ったんだから。」

「それは仕方がないけど、おい、雑誌の名前を思い出さないか。」

息子のあやふやな言葉に誘い出されたかのように、要助の胸の内に不思議に生温い体温を持つ一人の落武者の影が生れていた。その士（さむらい）をずっと前から知っていたような気さえした。

「忘れたなあ。清志郎のことを読みたいの。」

「いや、坂のことを知りたいんだ。」

「自分で調べれば。」

「どうやって。」

「さあ。図書館にでも行ったらなにか本があるでしょ。」

言われてみればその通りだった。記憶も曖昧な雑誌の記事を捜すより、郷土史の本にでも当る方が確実なのは明らかだ。夢中で息子を問い詰めようとした自分が滑稽に思えて要助は苦笑した。

「『多摩蘭坂』はいい歌だよ。」

気になっていた坂のことを歌った曲のあるのを教えてくれた息子への感謝の気持ちをこめて要助は言った。息子の方により近い歳頃の若者が、あの坂の歌を作っているのが理由もわからずに嬉しかった。あれほど素直に、窓から見える月が君の口に似ているからキスしてくれ、などと到底自分では歌えはしなかったが、若い日々に特有の切実で甘美な味わいは、時の距り（へだた）を置いて触れるとまた別の感傷を生むものでもあるらしかった。

「『ブルー』を買ったよ。」

気づかぬうちに帰宅して買物の紙袋を下げたまま部屋の入口に立った妻に、息子はテーブルの上のLPレコードのカバーを示して大きな声を投げた。妻は顎をしゃくってみせた。

「おやじが『多摩蘭坂』という曲はいいってさ。」

ステレオの音に消されて聞えなかったのか、妻は息子の方に身を傾けた。ようやく言葉を聴きとると、彼女は口唇を尖らせ、大袈裟な驚きの表情を作った後、ふと笑いを残して台所の方へ歩み去った。

翌日の日曜日から要助の詮索は始った。煙草を買いに出たついでに、折よく通りかかったバスをつかまえ、駅前まで乗って本屋にはいった。その気になって捜すと、表題に武蔵野とか多摩とかの地名のはいった本は意外に多く書店の棚に並べられていた。それは地名そのものの由来を解くやや堅い書物であったり、民話や伝説を集めた絵入りのものであったり、郷土夜話ふうの本であったり、民俗学の資料に属するものであったりした。

しかし、そのどれを抜き出して調べても、要助の求めるものにはたやすく出会えそうになかった。伝説にしても、地名にしても、この近辺で多くの本が興味を示す対象はほぼ共通して重複しており、武蔵国分寺であり、恋ヶ窪であり、大国魂神社であり、二枚橋であり、そして国立では谷保天神だった。自分の中に伸び上っている「たまらん坂」がひどく蔑ろにされ、誰からも相手にされていないことが要助には腹立たしかった。と同時に、幾冊かの本を手に取ってめくっていくうち、その坂が次第に小さく、貧しいものに感じられても来るのだった。

さほど離れていないもう一軒の本屋でも、事情は変らなかった。ビジネス関係の本のぎっしりと並ぶ棚を避けるようにして店内を一巡した要助は、辞書類の集められた片隅に「東京都地名大辞典」と緑の帯を巻かれた分厚い辞典の立っているのに眼をとめた。『角川日本地名大辞典』の十三巻が東京都篇に当り、その宣伝文句が「東京都地名大辞典」ということになるらしい。とりわけ有名なものでもない限り坂の呼び名が地名辞典の対象にはならないだろう、と考えながらも、古代から現代までの全地名を収録したという帯の言葉に惹かれて、要助はその厚味のある箱を棚から下し、本を抜いてぱらぱらと頁を繰った。音引きに編集された辞典で「多摩」の項をみつけ出すのに時間はかからなかった。「多摩川」があり、「多摩湖」「多摩村」がとびとびに眼にはいり、そして要助は「多摩蘭坂」にぶつかった。僅か五行の横書きの記事を彼はむさぼり読んだ。

「国分寺市内藤町一丁目六・八番の間あたりから西北に、国立市の旭通り商店街へくだる切り通しの急坂。昭和六年、一橋大学が当時の北多摩郡谷保村へ神田一ッ橋から移ってきた頃、箱根土地会社が叢林の中の小道を切り開いてつくった。」

それだけだった。「多摩蘭坂」が地名辞典に記載されていたこと自体は要助を喜ばせたが、その内容に彼は失望せぬわけにはいかなかった。坂の名の縁に触れられていなかっただけではなく、その坂が昭和になってから土地会社の手で造られた、と書かれていたからだ。記述には息子の口にした落武者の影などはいり込む隙もない。ただ微かな希望は、土地会社が切り通しの坂を造る前に、そこに「叢林の中の小道」があったことである。戦に破れ、郎党とも逸れた武者が一人とぼとぼと落ち延びるのが叢林の中の小道であって悪かろう筈がない。たとえ現在のような坂道の出来たのが新しくとも、なにかを手繰っていけば昔の小道に辿り着き、その登り詰めた果てにやや滑稽で淋しげな坂の名前を見出すことが出来るのではあるまいか。

記載されている文章のどこにも、「たまらん坂」という表現の出て来ないのが要助には不服だった。辞典の中では、坂は昭和のものと割り切られ、名称の文字による表現は「多摩蘭坂」と限定されていた。

こうなった以上、最早別の伝から「叢林の中の小道」を探ってみる他にない、と心に定めて要助は重い地名辞典を書店の棚に押し込んだ。

息子に言われた通り、図書館にでも行けば手掛りが摑めるかもしれない、と考えながらも日が過ぎた。仕事に追われ、つき合いに巻き込まれて帰りの遅くなる夜が続いた。家路につくまでは坂のことなど思い浮かべる暇もないのに、帰りの電車が国立駅に近づくと、なにやら身の重いものがおもむろに頭を擡げるようにして、要助の中に落武者のいる坂が立上って来るのだった。

南口に降り、駅前広場のロータリーを迂回して、一橋大学や国立高校、桐朋学園などのある広々とした大学通りを右手に残し、要助は斜め左に延びる旭通りへとはいって行く。シャッターの下された商店が静かに軒を連ねる間を五、六百メートル歩くと、やがて道は信号の下の複雑な五差路にぶつかる。バスの停留所ではここが「旭通り坂下」である。坂下とはいっても、その交差点からすぐ坂にかかるわけではない。角を左折し、バス通りをしばらく進む間はまだ平らな道である。ただここまで来れば前方にまっすぐ押上って行く坂がいやでも眼にはいる。「多摩蘭坂」の特徴は、助走するかのようなこの平坦路から坂を登り詰める頂きまでが一直線に見渡せることだろう。ああ、坂がある、とそれを眼に収めながら一歩一歩近づいて行く。

「大学寮前」の停留所の辺りから気がつかぬほどの傾斜が始っている。ふくら脛に鈍い重みの溜って来るのでそれがわかる。

地名辞典の説明が、国分寺市から国立市へ向けて上からくだる急坂として記されていたことを要助はふと思い出した。「多摩蘭坂」という項目のすぐ脇に〈国分寺市〉と所在地の市名が記入されていたので、国分寺側を基点として坂を説明したものだろう、とその時は考えた。しかし坂のすべてが国分寺市に属するのではない。国立方面から国分寺市に向けて登る坂と説明することも可能である筈だ。坂を登りながらそれを思い起す度に要助は不満を覚えた。落武者は叢林の小道を下って逃げたのではなく、腰を折り、地面に向けた顔を小枝に突かれながら残る力を振り絞って喘ぎ喘ぎここを登って行ったのだ。そう考えていると、いつか自分の姿が遠い昔の戦に敗れた武者の影に似て来るように思われた。なぜか、それは不思議に心の静まる光景だった。現代の己を際立った落後者とも敗残者とも感じているのではなかったが、晴れがましく勝利した者でないことだけは明らかだった。夜毎、坂を登って家へ帰って行くそんな自分が、暗く分厚く、温かな落武者の影に守られ、抱き取られるようで心が和んだ。たまらんなあ、と低く呟くと、なにがたまらんのか言葉を発した者自身がよくはわからないのに、たまらん、たまらん、と背後で深い声が答えてくれた。その落武者が誰であるのかを要助は知りたかった。いつの時代のいかなる人物であるかがわかれば落武者は一層親しい存在となり、その影と共に安心して坂を登れそうな気がしてならなかった。

勾配の最も急な付近の右手に高圧線の鉄塔が聳(そび)えている。塔の土台の据えられた土地の隅に「葬祭」と書かれた看板が立っていた。その看板の文字が、控え目に呼びかけるかのように要助の目を捉えることがあった。

「仏式、神式、キリスト式等、どのような葬儀でも低料金でお受けいたします。会費掛金等もいりません。お気軽に御利用下さい。」

最後の一言が、飲食店への誘いに似ておかしかった。そのうちお願いするかもしれません、と口の中で唱えながら小さく息を弾ませて看板の前を過ぎた。

その先に、自動車進入禁止の赤い標識を持つ細い道への入口がある。斜面の途中を削って右へとはいる道であるために、一方は赤土の肌の露出した高い土地であり、下から登って来るといやでも剝き出しになった地層の断面が眼にはいる。切り通しの坂が開かれた時、バス通りの両側もこんな赤土の壁であったか、と思わせる眺めだった。

「多摩蘭坂」はその近くで石垣とコンクリートの土止めに左右を囲まれ、いかにも坂らしい佇(たたずま)いを見せる。そこを登り切ればもう坂は終りとなり、いかにも都市近郊らしいありふれたバス通りに変る。石垣の上の土地に茂る樹木の大きな枝が道に張り出し、夏の日中には涼しい日陰を作り、夜は丈の高い水銀灯の光を遮る暗がりを拡げている。柔らかな闇にゆっくりと身を浸しながら、次の休日にはなんとしても図書館へ出かけよう、と要助は決心した。

その日曜日が来て要助が図書館に行くと告げると、妻は怪訝（けげん）そうに彼の顔を見た。

「本当に坂のことを調べに行くの。」

息子は一緒にレコードを聴いた時の自分の言葉を覚えていたらしく、呆れたように要助に訊ねた。

「なんのこと。」

「『多摩蘭坂』の昔の名前が知りたいんだって。」

「どうして。」

「さあ。本人に訊いたら。」

「ちょっとね、興味があるんだ。」

「郷土史の研究でも始めるわけ。」

「それほど大袈裟なものではないけどさ。」

「なんだか、年寄りじみてるわね。」

「年相応ではあるかもしれんよ。」

「ママ、学ぼうとする気持ちに水を差しちゃいけないよ。」

「一緒に行ってみるか。」

妻と息子に反撃を試みるつもりで要助は誘いをかけた。

「サンジェルマンの二階でコーヒーを飲んでいる方がいいわ。ねえ。」

「俺は十一時から三鷹の楽器店のスタジオがとれているからね。」

母親の呼びかけをかわして息子は部屋に立去った。

「それを調べてどうするの。」

二人だけになると妻は少し表情を改めて要助に訊ねた。

「どうするという当てもないけれど……。」

答えながら、妻の言う通りだ、と要助は思った。不可解なものを見る時に似た眼を向ける妻に、しかし彼は説明する言葉を持たなかった。

「靴はいつ買いに行くんですか。」

妻の声は少し低くなっていた。

日曜日の図書館の前には自転車が並び、子供と高校生の姿が多かった。大学時代の天井の高く室内がひんやりと暗い図書館しか知らない要助にとっては、外光の注ぎ込む開放的な市営の図書館がまるで公園のように場違いなものに感じられ、身構えていた気分が拍子抜けした。

それでも、書棚がぎっしりと前後に並んでいる間に立つと、なにやら本の気配が滲み出して一応の静寂は保たれているようだった。カードを繰るよりは現物に当って捜す方が早いだろうと見当をつけた要助は、地理・歴史と分類の札の出ている棚に歩み寄った。この種の雲を摑むのに似た調べものの経験のない彼には、本屋にはいった時と同様、手あたり次第にそれらしき本を抜き出して開いてみるより他に方法がなかった。

落武者を捜そうとする要助の眼は、まず合戦録の類を求めた。武蔵野に限られた都合の良い戦史が見あたらぬまま、彼は関八州の古戦録を手に取ってみた。めくっても、めくっても、そこに繰り拡げられているのは上杉謙信と武田信玄の争いであり、戦場は関東一円に散らばっているようでありながら、多摩周辺には近づいて来てくれない。たまに武蔵野の合戦が現れても、登場する地名は聞いたこともないものばかりである。

それでも、類似の書物を二冊、三冊と手にするにつれて、要助にも朧げに覚えのある合戦場が浮かび上って来た。

一つは国立の東南方に当る多摩川のほとりで展開された分倍河原の戦いである。その地名は京王線の駅の名前になっているので要助にも覚えがあった。社宅を出て国立に移って来た頃、まだ幼い息子を連れて家族三人で聖蹟桜ヶ丘の方にハイキングに行った折に電車で通った記憶が残っている。

治承四年（一一八〇年）、源頼朝が関八州の軍隊を集めたのがこの辺りとされているが、それ以前にも幾度も合戦があった場所らしい。

中でも名高いのは、元弘三年（一三三三年）、新田義貞が上野から武蔵国へ兵を進め、鎌倉の北條勢と交えた一戦のようだった。戦いは数日に及んだ模様であり、押したり引いたりの挙句、結局は新田勢の勝利に終っている。

調べていくとこの付近一帯に小さな戦いは他にも散在したようで、時代と地域の幅を拡げるにつれ、小手指原の合戦とか、女影原の合戦とか、立川原の合戦とかの名称が要助の知識につけ加えられてくる。

古来、武蔵野の土地で多くの戦があったことが確められはしたものの、しかしいずれの書物も合戦の記述の肌理はきわめて粗く、どこぞの落武者が息を喘がせて逃げ登った小さな坂道などが書き残されているとは到底思えないのが恨めしかった。

初めからそうたやすく目指す相手に巡り合えるとは要助も決して考えてはいなかったが、せめてそれらしい可能性を漂わせる戦が史実の中に幾つか見定められ、探索の環を絞っていくうちに木の間隠れに落武者の姿がちらつき出し、やがては彼等を武蔵野の片隅の丘に追い上げるその手掛りくらいは摑めるのではないか、との漠とした期待は、幾冊かの史書の叙述に触れるうちにかえって裏切られていくかのようで要助を失望させた。合戦についての小さな知識が貯えられれば貯えられるほど、そこから「叢林の中の小道」への距りは大きくならざるを得なかった。つまり、合戦は何時のものでもかまわなかったし、それなりの落武者はいくらでも存在すると思われるのに、彼等の内の誰一人として小さな坂道を登ろうとはしてくれないのだ。

三階の閲覧室には行かずに一階の窓辺に点在する丸椅子に腰かけたまま、要助は低いテーブルに積みあげた調べ終ったばかりの数冊の本をぼんやり眺めていた。時折、受付のカウンターの方から本を借り出したり返却したりする声のやり取りが聞え、コピーを取る装置の単調な機械音が微かに伝わって来る。

隣の椅子はあいていたが、その次の椅子には新聞の綴じ込みに身を屈めて読み耽っている老人の姿があった。なんの記事を読んでいるのか、手許の新聞はほとんど動かないのに眼鏡をかけた頭が小刻みに上下して行を追っている様が窺える。半袖シャツの閲覧者が多い中で、老人は厚い毛のジャンパーを着てひっそり坐りこんでいた。あの人はどんな家から出て来てここで新聞を読んでいるのだろう、と想像するうち、昔の合戦録などを調べるのではなく、土地に古くから住みついている老人の話でも聞いた方が近道ではないのか、との考えがふと要助を掠めた。落武者のことが頭を占めていたばかりに戦を追ってしまったが、むしろ土地に生きる人の側から時代を遡るのが本筋であったのかもしれない。

　要助はかさねた重い本を抱えて書架に戻すと、今度は地誌を求めて横の棚に移った。そこにはかつて本屋で見かけたような背表紙が、史書よりは遥かに馴染みやすい表情で並んでいる。

「国立」という地名が表題にはいった一冊を要助は気軽に引き抜いた。著者は古老というほどの歳の人ではなかったが、それは郷土の土地のあちこちに纏わる史実や言い伝えを丹念に集めた風土記ふうの読みものらしかった。

　目次を追ううちに、国立の坂についてまとめた章のあるのを要助は発見した。一気に横に走った要助の眼は「たまらん坂」という文字にぶつかった。もどかしくそのページを開くと、旭通りから府中に向う途中のだらだら坂がそれであり、四、五十年前まではあまり人通りもない林道で現在よりは急な坂であった、と書かれている。江戸へ向って坂を登っていた旅人が、これはたまらん、と言ったのでその通り名が生まれた、と呼び名の由来が説明されていた。

　求めるものが、案外手近な所からひょいと顔を出しかかったようで要助の気持ちは昂ぶった。坂は明らかに登るものとして描かれていた。短い記載のどこにも奇妙な蘭の名前など現われなかった。これはたまらん、と呟いたのが江戸時代の旅人であるのは不満だったが、更に別の方向から掘り下げていけば、旅人と考えられていたのは、実はより昔の武士であり、しかも落武者であった、と判明せぬものでもあるまい。活発に動き出した頭の片隅を、あの坂の曲を作った若者も、もしかしたらこんな本を読んでいたのかもしれない、との思いがよぎった。

すぐ脇に同じ著者による別の一冊の背中が見えた。内容は似た所も多いようだったが、こちらの方は現在の市民生活により多くの紙数をさいている。しかし坂についてのまとまった記述がある点は両者に共通していた。

要助は緊張してページをめくった。坂の名称は前の本と同じく「たまらん坂」と表記されていたものの、本文の一行目を読んで彼は突き放された。この坂の名の起りはまだ新しい、と書かれていたからだ。地形上の説明はあまり異っていなかったが、国立地区が開発される頃までは国分寺の駅へ通ずる唯一の林道であった、と書き加えられている。

それに続けて坂の名の由来が短く紹介されているのを読んで要助は一層落胆した。そこには、昭和の初め頃にこの坂をランニングで登り降りした大学生達が急な勾配に閉口して、これはたまらん、と繰り返したところから坂の名前がついた、と述べられていた。江戸時代の旅人が、こちらの本では昭和初頭の学生に変っているのだった。

要助は二冊の本の後ろを開いて奥付けを確かめた。旅人が坂を登ったと書かれているのは昭和四十年代後半の著作であり、学生がランニングをしながら登坂したと説かれているのは五十年代にはいって発行されたものである。とすれば、後者はより新しい知識に基いて前者を加筆訂正したものと考えるべきだろう。地名辞典の記述に即していえば、前者は「叢林の中の小道」に注目し、後者は箱根土地会社の開発に関心を寄せた説明であると思われる。そして両者を比較すれば、書かれた時期の推移からみて、後者の側により定かなる根拠があると想像せざるを得ない。

落武者の影が俄かに薄れ衰えて、我が身の廻りから立去ろうとする淋しさを要助は感じた。彼が消え去ってしまうなら、後には舗装されて両側に狭い歩道を持つ「多摩蘭坂」が残されるだけではないか。

なまじこんなことを調べなければよかった、と要助は後悔した。なにも知らぬ間は、いつか巡り合える筈の落武者の温もりを背中にひたと感じつつ坂を登り続けることが出来たのだから――。

時計を見ると既に正午を遠く過ぎている。朝食が遅かったので腹はまださほど空いてはいないが咽喉は渇いていた。出がけに妻が口にした、パン屋の二階でコーヒーを飲んでいた方がよい、という言葉が生々しく甦った。広い四つ角を渡って図書館に来るまでに眼にしたデニーズやロイヤルホストの小綺麗な外観が要助の渇きを煽った。

まだ諦めたわけではない、と要助は自分に言いきかせた。一度や二度、休日に図書館へ足を運んだくらいで求める落武者に会える、などと甘い見通しを抱いてはいなかった筈だ。あの坂が決して「多摩蘭坂」ではなく、たまらん、たまらん、と喘ぎつつ登る人間の坂であることまでは、とにかく今日確認出来たといえる。ただ、このままでは落武者は半殺しの状態であり、宙吊りに放置されてしまっている。落武者を見捨てるのではなく、こちらが彼に置き去りにされるのでもない。ほんの暫く時間を停めておくだけだ——。

書棚の陰にでも疲れ果てて蹲っていそうな気がする敗軍の武者にそっと声をかけ、整然と立ち並ぶ書物の間から要助は通路に出た。階段の下を抜け、出口に向おうとする視線がふと一枚の貼紙の上にとまった。

「地域資料室・二階」

サインペンで書かれた太い字の下で、黒々とした矢印が二階を強く指し示している。足よりも先に、もしや、という気持ちが、渇いてひりつく咽喉と熱い疲労の溜った腰を二階へ押し上げていた。次に来る時の予備調査でいいのだからな、と階段を踏みながら要助は疲れた身体に言訳けをした。

狭い地域資料室に人影はなかった。一方の壁に沿ってガラス戸のはめられた本箱が連なり、部屋の中央には一階と同じようなオープンの書架が幾列か据えられている。ガラス戸の中には、市議会の議事録や市報の綴り、開発計画の資料や市民活動の記録などがまだ製本されぬまま大小様々のファイルにとじ込まれて収納されていた。

試みにガラス戸を引くと音もなく開いた。コピーやタイプ印刷の資料を手にとって眺めてはみたものの、いずれもあまりに専門的であったり、個別的であったりして要助の興味を惹かなかった。

まとめられた市史のようなものでもあれば参考になる記事にぶつかるかもしれぬ、と考えてこちらは単行本形式のものの収められている隣の本箱に要助は移動した。『国立・あの頃』と書かれたオレンジ色の無愛想な一冊の本の背中が彼の眼の中を通って過ぎた。あの頃とはどの頃だ、と冗談半分に呟きながらもう一度戻って来た眼が、その本の背にひっかかった。殊更二階まで上って来たのだから、と要助はガラス戸に手をかけた。びくとも動かなかった。慌てて調べると下の段の戸にも鍵がかけられている。隣の本箱の戸も開かない。最初のファイル類を入れた本箱だけが自由に開けられることにはじめて気がついた。

ガラスに隔てられて手が届かない、と知ると要助は無性にその本の内容を知りたくなった。なんの工夫もない無造作な背表紙がかえって彼の関心を掻き立てた。特別の資料であるために大切に保存されているのかもしれないが、市営図書館の本箱の中に陳列されているからには市民がそれを閲覧出来ぬ謂れはないだろう。引戸のガラスを叩き割ってでも本を摑み出したいほどの気持ちを抑えながら、受付に駆け降りて係員にすぐ鍵を開けてもらわねばならぬ、と彼は焦った。それにしても、なぜあのような変哲もない本が鍵をかけられた本箱にしまわれているのか。

部屋の出口に向おうとしてオープンの棚の間をすり抜けかけた要助の眼に、今ガラスの向うに見たばかりの同じ本の背文字が飛び込んで来た。透明なビニールのカバーをかぶせた『国立・あの頃』はやすやすと要助の手に移った。

「国立パイオニア会編」とだけ表紙の片隅に小さく印刷されているその本はどうやら一橋大学関係の同窓会の文集ででもあるらしく、自費出版めいた匂いを漂わすごく内輪の出版物のようだった。その種の編纂物に特有の、仲間内だけで肩を叩き合って昔を懐しがったり、陽気に騒いだりする雰囲気の露わに伝わって来る本だった。

これでは仕方がない、と辟易しつつも、まあ折角手に取ったのだから、と思い直して要助は目次に眼を走らせた。昭和三年、四年、五年とおそらくは卒業年次別に集められた五、六十人の文章が三百ページほどの中にぎっしりと詰め込まれている。犇めき合うそれらの表題を見ただけでも、現在の一橋大学の前身が神田の一ツ橋から国立へと移転して来る歴史が窺えそうだった。「思い出」「想い出」「憶い出」「回顧」「懐古」「今昔」などと似た言葉が連なる間に、「たまらん坂その他」という表題が身を隠しているのを要助は偶然拾いあげた。

最初の数行を読んで驚いた。そこには、卒業後三十年して国立を訪れた筆者のK氏が、思い出の「たまらん坂」が「多摩蘭坂」の名称で今日も生き続けていることを知って懐しさと愉快を感じると同時に、もしもこの坂の名を漢字で表わすなら、宛字などではなく「堪らん坂」と書くべきだ、と述べていたからだった。

坂の名の表記について、かつて自分が抱いたものと全く同じ考えが書き記されている。K氏に背を押されるようにして要助は先を読んだ。

K氏によれば、昭和二年、箱根土地株式会社が開発を計画した学園都市の走りとして、一橋大学の専門部が神田から国立に招致された。「たまらん坂」は、当時は国分寺に向けて雑木を切り開いた赤土の坂で、まだ名はなかったという。

学生の通学は八王子行の汽車によったが、その頃省線（国電）は今の国立の一つ手前の国分寺迄しか来ていなかったため、学生は汽車に遅れると国分寺まで電車に乗り、駅前に待っていた一台だけのタクシーを共同で利用するか、四キロほどの道のりを歩くしかなかった。ようやく「たまらん坂」の上まで辿り着くと校舎が見えるのだが、ちょうどその辺りで始業の鐘が鳴り始める。天気の好い日はまだ救われたが、雨降りの折などは赤土が泥濘んで足を取られ、走ることも出来ない。ズボンを泥まみれにして土のこびりついた重い靴で教室に駆け込むと、もう先生は出欠をとっている。辛うじて返事をすませた後、「こいつぁ、堪らん」と息絶え絶えの言葉が口から洩れたのだそうである。これが「たまらん坂」の名の起りだ、とK氏は明言している。

やはりそうなのか、と要助は肩を落した。こう断定されてしまったのではその先の探りようもない。一階で読んだ国立についての二冊目の本に、学生がランニングの際に坂を登り降りしてこれはたまらんと呟いたという話があったのも、この種の体験談と関係があるのかもしれない。『国立・あの頃』の発行は昭和四十七年であり、階下で手にした二冊目の本に三年先立っている。

昭和の初めには坂にまだ名はなかった、という記述と、これが命名の事情だとの断定の間に要助が立ち入る余地は残されていなかった。坂に落武者の影は消え、そこを駆け降りて来るのは学生達の姿である。坂の名の起りはまだ新しい、と書かれていたのは覆しようのない事実だ。

あまりにあっさりと出てしまった結論の前に気抜けして、要助は書棚の下にぼんやりと立ち尽した。

「知らない方がいい事実というのは、いつだってあるものだよ。」

淡い恥じらいの沈んだ笑いを滲ませている飯沼要助の横顔に、私は半ば慰めるような半ば冷やかすような言葉を投げた。

「昔はそうは思わなかったがね。」

自分の話の余韻からまだ脱け出せぬ声で彼はぼそりと答えた。

「それで、落武者の憑き物はやっと君から落ちたわけか。」

急に身体が柔らかくなってしまった感じの飯沼要助に私は意地の悪い追い討ちをかけた。坂の過去を追い求める時間を再び生き直しているかの如く熱っぽく語り続けた彼にいささかの同情を覚えながらも、私には彼の落武者への思入れがあまりに唐突で子供じみており、どこか滑稽にも感じられていた。

「落武者は殺してしまったみたいだな……。なんだか、あの坂の奥行きが浅くなったような気がするよ。」

飯沼要助は火のついていない煙草のフィルターに歯を立て、口唇の間を転がしながら曖昧な声で呟いた。

「結局、その話だと『たまらん坂』は降りる坂だったことになるのか。」

話の始まりを思い出して私はそう訊ねた。

「いや、もう少し後があるんだ。」
「まだ諦めていないのか。」
「登るとか、降りるとかいうのではなくてさ……。」
「そんな坂があるのかね。」

地域資料室の飯沼要助は、手の中の本を閉じようとしてもう一度目次に眼を戻した。念のため、というほどの気持ちだった。結論は出てしまったようだったが、他にも説があるならそれも読んでおきたい、と思ったのだ。

果して、四ページにわたる目次の最後から二行目に、「多摩蘭坂物語」という表題を要助は発見した。Y氏のこの一文は坂の名の由来を語ることのみを目的としており、先のK氏の文章より長いものだった。

国立の新校舎に通い始めることになったY氏は、最初学校の近くに建てられた寮に寄宿していたのだが、幾人かの仲間と共にどこか農家に下宿しよう、と思い立った。あちこちと付近を捜し廻った結果、一軒の大きな農家の主人が彼等の希望を入れ、坂の上に八人分の宿舎を新築してやろう、と言ってくれた。雑木林に囲まれた田園での下宿生活は、学生達にとって甚だ快適なものだった。

その宿舎の周囲には一面にコスモスが乱れ咲いていた。ある晴れ上った秋の日、長い袴をはいた音楽学校の女生徒達が、坂を登って来るとコスモスの前に足を停めた。やがて彼女達は花を摘み始めた。秋の日射しの中に群がり咲くコスモスの可憐な色がそれを摘む人々の顔に照り映えて、女生徒達の姿を一層美しいものにせずにはおかなかった。部屋にいたY氏等学生は、花に手を伸ばす彼女達の姿を息を殺して見つめていた。暫くして、花を手に溢れさせた女生徒達は国分寺の方へ歩み去って行った。その時、宿舎の一角から突然叫びが上った。「わしゃ、もう、たまらん」と。剣道の選手で仲間うちの一番の年輩者の声だった。『たまらん』という言葉、それは、青春の感情の極限を表現するものだったのかもしれない」とY氏は綴っている。

その後、「たまらん」という言葉は仲間の合言葉のようになり、学校からの帰途、この坂にさしかかる度に、そこを登って来る女生徒達の姿を思い起し、「もう、たまらん」と叫んだという。

そこで、この坂に「たまらん坂」と名をつけよう、と話がまとまり、そのままではあまり趣きがないので土地から「多摩」をとり、北大の校歌から鈴蘭の「蘭」をとって「多摩蘭坂」と命名した。Y氏等は厳かにその名を宣言し、切り開かれた両側の赤土の壁に大きな字で「多摩蘭坂」と刻み込んだ、というのである。

ここまで書かれれば、もう要助にはどうすることも出来なかった。

「たった一日図書館に出かけただけで、俺はあっさり寄り切られてしまったんだぜ。」まだ火をつけていない煙草を口惜しそうに前歯で嚙みながら、飯沼要助は諦め切れぬ様子だった。

「しかしよく調べたよ。つまるところ、『たまらん』という叫びにはやや猥褻な響きがこめられていたんだな。」

私の中にもなにかそれと近い記憶が眠っているような気がする面映(おもはゆ)い話だった。

「猥褻と純情とな――。」

飯沼要助は私の言葉を丁寧に修正した。

「落武者捜しがとんだところに行きついたもんだ。」

「ま、そもそもは『たまらん』坂だったことは間違いないけれど、ランニングにしても、コスモスにしても、あの坂はとにかく今の俺とは無縁の青春の坂だったというわけよ。」

「そうともいえないよ。また百年か二百年経ったらさ、中年を過ぎかけた物好きな勤め人がふと坂の名を気にしはじめて、いろいろ調べてみるかもしれないぜ。その結果、この坂は昔、一人の疲れた勤め人が『たまらん、たまらん』と呟きながら毎晩登ったためにこんな名がつきました、という説がつけ加わることだってないとは言えない。」

「二百年先にも勤め人はいるだろうかね。」

飯沼要助はようやく火をつけた煙草の煙に細めた眼をゆっくりと私に向けた。

「さあ……。わからんけどね。いるんじゃないか。」

「わからん坂か——。」

眼尻に細かな皺を寄せ、酸いものを口に含んだ顔でまっすぐ私を見つめたまま、飯沼要助は声をたてずに笑い出した。

# 新開地の事件

松本清張

**松本清張**　まつもと・せいちょう

一九〇九年（明治四十二）、福岡県企救郡板櫃村（現・北九州市小倉北区）生まれ。実際の出生地は広島とも云われる。一九五〇年、朝日新聞西部本社広告部に勤めながら書いた「西郷札」が『週刊朝日』懸賞小説に入選。一九五三年、「或る「小倉日記」伝」で芥川賞受賞。この年上京し、西荻窪に寄宿。一九五八年、『点と線』で社会派小説ブームを生む。一九六一年、杉並区上高井戸に転居、亡くなるまで住む。推理小説、評伝、ノンフィクションなど旺盛な活動を続けた。一九九二年死去。現在でも作品の映像化が盛んに行われている。

## 一

　都会に密集した家屋は、異った生活集塊の様相と、隣人との孤絶関係で成り立っているという組み合せから犯罪の伏在を容易に想像させる。実際、その猥雑さと秘密な閉鎖性と、複雑な建築様式とは他人の眼の入る一分の隙もないくらいに内部を隠している。

　その上、住人のほとんどは流れ者で素性が分らない。長い間そこに居住している者でも隣人について本当の知識をもっていない。表面は互いの機嫌を損ねない柔らかな会話を交しているが、それが当人の性格でないことは相手のほうで知っているし、その話も決して自分のことには深く触れさせない。こういう秘匿的な人間が相互に断絶し、しかも軒を重ねた家屋内に住んでいるから、犯罪発生には適切な条件を備えているように見える。

　それにくらべると、田舎は――遠い地方に出かけるまでもなく、東京の近郊を眺めるだけでよい、そこには疎らな家屋をとり囲んだ防風林があるか、山裾の杉林があるかである。家屋と家屋とは充分に間隔がとってあるし、裏口もたいてい戸が開いていて内部をまる見えにさせている。居住者は何代も前からつづいた者ばかりで、互いが家族の一部のように何でも知っている。これでは体裁をつくっても仕方がないから、会話は気どりがなく、自然のままで、開放的である。

武蔵野の場合、涯しなく田野がひろがっている中での集落――それも多くて十軒、少いので二、三軒の家屋と、それを保護する防風林の点在がある。上代の条里制が遺っているところでは、その名残りの畔道を伝って人が家に達するにはかなりな時間がかかり、豁然とした視野はどこからでもその人物の姿を認めることができる。こうした開放的な居住地を人が眼にするとき、詩的な情感は湧いても犯罪の伏在を想像することはできない。もし、そうした気持を起せば、よほど変った想念だと自分自身をたしなめるにちがいない。

しかし、ここ十年ばかりで東京の近郊も変った。勤め人の可愛い家がふえ、私設のアパートが大小となく建ち、公営の白亜の団地が出現した。それにつれて小さな商店街がほうぼうにできた。農家は土地を売った金で、古い茸のようなワラぶきの家を、総檜造りの広壮な建築にかえた。

だが、それでも、まだ田園がすっかり住宅地に侵略されたわけではない。水田も畑も相当部分残っていて、米、麦、野菜が昔どおり栽培されている。雑木林も全部が切り倒されたのではなく、あちこちに森を残している。その下には相変らず湧き水があり、小川がまだ流れている。

こうした新しい環境を、前にみた犯罪的な予感からすると、どのような範疇（はんちゅう）に入れたらよいだろうか。都会住宅と田園の折衷（せっちゅう）という立地条件と環境の新現象に、犯罪分類学者はしばらく当惑する。秘密性と開放性の同居は、家屋にしても人間にしても境界が判然としなくなる。田園が現代化している際だからよけいに厄介である。

結局、都会の秘匿的な性格が田舎の開放性を侵略するか、田舎の非秘密性が都会の住宅慣習に影響を与えるかによって犯罪分類学者の頭脳の判断を截然（せつぜん）とさせる方向にもってゆくようである。

それは行政区劃では東京都北多摩郡になっていた。N新田（しんでん）の名の示す通り、以前は開墾地だったのだが、丘陵地をはるかに見るこの平地も、農地が次第に少くなり、半分以上が団地や住宅で占められてきた。電車で新宿まで約一時間という便利さもあって、ベッドタウンとか田園都市とかいう美称を冠せられて、住宅の繁殖はますますひろがろうとしている。もちろん、土地の値も異常な高騰となった。

耕作を放棄した農家は、土地を売った金で都会風の家を新築した。いま、サラリーマンの小住宅の間に見かける大きな門構えの立派な家の多くがそれである。なかには、ちょっとした料亭かと思い違いするような和風の家もあり、和洋折衷の邸宅もあった。仕上りにはどことなく垢抜けのしないところがあったが。

そうしたなかで、こぢんまりと改築した質素な旧地主も何軒かはあった。やはり周囲に防風林を残し、前には籾を干すだけの広い空地をとっている。その構えでも知られるように、そうした家はまだ「農家」だったのだ。ほうぼうに持った農地をいっぺんに売ることなく、地価の値上りを見越して、徐々に分譲しているのだった。おかげで、すでに住宅地となっている区域にはいつまでも農耕地が間にはさまっているので一向に街らしくならないで発展を阻害されていた。住民たちは「百姓」の貪欲を非難した。

そうした種類の農家の面影を残す家の一つに「長野忠夫」の標札があった、標札のかかっている大谷石の門柱の左右にはコンクリートの万年塀が伸びて約百二十坪の敷地を囲んでいる。その家は、二十五坪の平屋は中央よりずっと背後の北側に引込んでいて、前は空地とも庭ともつかないものになっていた。庭らしい様子を整えているのは、格子戸の玄関正面をかくしている前栽の植込みで、松が五本、椿が三本、それに下植えとして満天星数本が素朴に繋っていた。前栽を火山岩の石が円形に囲んでいるが、石は黒く、青苔がついていた。

そのほかは、だだっぴろい地面で、何の人工も加えられてなかった。が、どういうものか石がやたらと転がっていた。この家が改築されたとき、庭師が入って材料の秩父の石を運び入れたのだが、値段の折合いがつかないため造園は放棄され、結局、依頼主が石の値だけ払ってそのままになってしまった、といういきさつを人に容易に想像させた。石は何の観賞の価値もない、くだらないものである。間の空地には雑草やゼニゴケが生えている。

二十五坪の母屋のうしろにはトタン屋根の細長い古い納屋が附属していた。これこそ改築前の母屋と同じ時代のもので、つまり、この家が純粋に農家だったころの籾蔵であり、麦、野菜、農器具の格納庫だったのだ。今は、屋根のトタンも腐り、板壁も朽ちている。

唯一の風情は、その納屋のうしろと、敷地の東西の隅にかたまっている雑木林だった。松や杉の針葉樹はあまりなく、櫟、楓、樅などが多い。見事なのは欅で、そのなかでも二本はとび抜けて高く、空に向って亭々とそびえていた。この家の何代か前の住人のころに自然林の一劃を屋敷内にとり入れたものが、その一部を残しているのだった。

この家の近所は旧いので七、八年前、新しいのは去年か今年建った家ばかりで、勤め人か、退職した人の近代的な匂いのする小住宅ばかりであった。

家の前の道は勤め人が駅に行く途中でもあり、また駅前の小さなマーケットに主婦たちが買物に行く通りでもあったから、朝と夕方とはわりに人の通行があった。

「長野忠夫、か」

門の前を通りかかった若い勤め人が歩きながら標札を見上げていった。

「土地を売って儲けたお百姓さんだろうな。先祖代々の土地というけれど、法外な値で売れたのだから、まる儲けみたいなものだ。会社や親類から借金でやっとマッチ箱のような家を建てたわれわれからみるとうらやましい限りだな」

「でも、農地を売ってしまったあとは、どうして生活してらっしゃるんでしょう？」

駅まで夫を見送る若い妻は、いっしょに標札に眼を走らせて夫と肩をならべて歩いた。

「ごっそり銀行に預金して、その利子で食べているんだろう。農家の人の生活は質素だからね」

夫は道に捨てたハイライトの吸殻を靴の先で踏みつけた。

「そうでもないよ」

と別な二人連れのサラリーマンがこの家の前を通りかかって同じような問答をした。

「近ごろの農家の人は利口だからね。銀行預金だけじゃ満足しない。土地の値上りを待って申し訳程度に野菜をつくっている。現金収入のほうはさ、前に売った土地の金を資本にして、駅前でパチンコ屋とか、風呂屋とか、八百屋とか小さなスーパーストアとかいった日銭かせぎをしている。ちゃっかりしたものさ」

「しかし、人にだまされて土地を売った金をすった連中も多いらしいな」

「百姓は目さきの欲に迷わされるからな。ま、そういう手合の話でも聞かないことには、われわれの憂鬱は晴れないよ」

二人の笑い声は朝の澄明な空気の中にすがすがしくひびいた。

家を建てるため土地を探しに来た中年夫婦が駅前の不動産屋に連れられて通りかかった。

「長野忠夫……」

中年の夫は門標を声出して読み、そこから家の全体を眺めた。

「この家も前からつづいた農家だったんだろうね？」

「なんでも三代つづいているというんですがね。あたしはこの辺は新しくてよく知らないんですが、ふるくからいる土地の人の話だとそういってますね」

肥った不動産屋はこの辺の地図を片手にしていった。

「けど、この長野忠夫さんというのは中央線のM駅近くで洋菓子店を持っていて繁昌しているらしいですな。とてもうまい菓子だというので、この近所でも評判です」

「この近所でも？」

「忠夫さんが近くの奥さんがたに頼まれて、店から註文品をよく持って帰るらしいのです。勤め人の奥さんはそういうものには口が肥えていますからな。忠夫さんも菓子の職人です」

「お百姓の息子が洋菓子屋さんとはちょっと変っているね」

「いや、養子だそうですよ。この家にはひとり娘しかいませんでしてね。いまは、農地も半分以上売払って、菓子屋の資本にしてしまってるそうです。……父親のほうは亡くなって、いまは母親だけです。あたしも商売柄、ときどき、そのお袋さんのほうには会ってますがね。まだ五十の半で気持のいいひとですよ」

不動産屋のおしゃべりがつづくので、妻は夫を促すように先に歩いた。

地味なネクタイをつけた中年の夫は、もう一度その家を振りかえって高い欅のある雑木林を塀越しに眺めた。

## 二

この家の主、長野忠夫の養父は直治といった。忠夫の旧姓は下田である。

長野家は三代つづいた農家で、初代は明治の中期にここに居ついた。もっともそのころは小作人だった。先代が昭和十年ごろにようやく半町歩足らずの田を買いとって、半自作農となった。当時はそれこそ渺茫たる武蔵野の田野で百姓家の点在があるだけだった。

伜の直治は二十七のとき、見合いで六歳下のヒサといっしょになった。ヒサは近県の山村の生れで働き者だった。彼女はそのころから固肥りの女であった。自作農と小作農とを合わせた田地に草も生やさずにやってゆけたのはヒサの努力である。酒好きな直治は女房のあとからしぶしぶ野良に出てゆくような男だった。

そのかわり、直治には商売の才能があって、昭和十七、八年の米の統制時代にヤミをやって儲けた。他人の米まで買って売ったのである。そのため、二度ほど警察署の留置場に入れられた。設けた金でまた田を買った。

戦後の農地改革のときでも直治はうまく立ち回った。小作農の土地はむろん自分の手に帰したが、そのほか情勢にイヤ気がさしている地主の土地も少しずつ手に入れた。

「そんなに田を買って、どうする気かえ。あんたは働かんし、お婆さんは役に立たんし、赤ン坊負うたわしひとりじゃ手に負えんだで」

ヒサは口を尖らせた。

先代は死亡し、老母が残っていた。彼には兄弟がなかった。

「心配しねえでもいい」直治は笑った。「いまにおめえも鍬を持たねえでもいいようになる」

直治は常に田圃でヒサに文句を云われているので、いつのまにか女房が苦手になっていた。

「そいじゃ、また小作農が頼める時世になるのかえ？」

新しい法律で自作農しか認められないことを知っているヒサは眼を輝かした。今度は小作農を傭える身分になるのである。

「そうなるかもしれねえ。まあ、長い目で見とけよ」

直治は相変らずの米のヤミ売りをして金を儲け、儲かったからといっては酒を呑んだ。まるでヤミ売りすることで、野良働きの義務から脱れようとしているようであった。

だが、そんなことで、ヒサは直治を許さず、彼を田畑に引き立てた。金儲けはいいが、亭主が酒ばかり呑んで、酔って寝るのが気に入らなかった。夜、ヒサのほうで足を出して触っても直治は朝まで熟睡し、肩に手をかけると無意識に向うをむいて鼾をかいた。

固肥りのヒサの身体は百姓仕事でますます健康となっていた。ヒサが生れた近県の山村は最近まで若い者の悪風習が残っていて、彼女も直治といっしょになる以前に女にさせられていた。直治は決して強靭なほうではなかったが、酔ってない限りは女房にそれほどの不満は与えなかった。

直治の予言は少し違ったけれど、ヒサがそんなに懸命に百姓仕事をしないでも済む時代がきた。終戦から十年近く経つと、この辺も都会の住宅の波が押し寄せてくるようになった。新宿から中央線沿いに西に、順々と、しかも、急速にひろがって、みるみるうちに田や畑が住宅地となった。そうした家と家との間に残された農地は忽ちあとからの家で埋めつくされ、商店街が出来、団地が建てられると、さらに発展した。暗かった夜は灯の輝きを増した。

もっとも、そうした急速な発展もK駅から三つか四つ目の駅までで、それから西のほうはわりあいとそれが緩慢であった。都心へ出るのに時間がかかりすぎるからである。しかし、徐々だが、新しい家がふえてゆくことはだれの眼にも確実に映った。土地を求める人々の欲望が次第に西に伸びてきたのである。N新田の農家が先祖からの農耕地を売った金で、憧れの都会風な家をぼつぼつ新築しはじめたのはそのころである。

直治が大きな損をしたのは、ひとり娘の富子が十歳の時であった。彼は農地の三分の一を住宅地を望む人のために売ってしこたま現金を握ったが、なまじ商売気のあるところから不良株をつかまされ、欲に目がくらんで無尽講まがいのインチキ会社に大量投資し、その上、あろうことか素人には最も危険な小豆相場にまで手を出して、大きな穴をあけてしまった。

直治がヒサの前に威信を大きく失墜したのはいうまでもない。ヒサは怒り、泣き、亭主を罵ったが、それで損害が一銭でもとりかえせるものでもなかった。直治は恐縮したが、考えてみると、投資ができるくらいの財産をつくったのは彼自身の力である。野良で鍬だけを揮っていたヒサの働きは貧農仕事で、財産づくりには一片の寄与もしていない。金を儲けた人間が不慮の損失をしても咎められないことだが、普通の夫婦ではそんな理屈は通らない。それにヒサにとって堪えられなかったのは、直治の小豆相場の穴埋めに、残っている農地をかなり多く売却しなければならないことだった。こうして、当初直治が抱えていた土地は、逆に三分の一となった。

「これから先、どうなることやら心配でならねえで、いまのうちに家を建てるよ」

ヒサの発案というよりも独断で、古い百姓家がこわされ、町風の新築がなされた。が、残った土地、つまり財産が心細く感じられたため、その新築は附近の同じ農家のそれとくらべて小さくまことに中途半端なものとなった。はじめ庭をつくるつもりで庭師に石を運ばせたが、庭師が見積以上の工事費になるといったので喧嘩をし、運び入れた石をほったらかしにしてしまった。家のうしろにある古い納屋もまだ百姓をつづけるつもりで残したのだし、塀の中の雑木林も体裁よく刈る予定だったのが、出資を惜しんでそのままにしてしまったのである。それが都心からくる人の眼に俳諧的な風情を感じさせている。

このとき、直治は五十六歳、ヒサは五十歳、富子は十三歳であった。おそく生れた子である。老母は前年死んだ。

その翌年の秋、長野家は一人の青年を間借人に置いた。

新宿からK市にいたる中央線の途中にO駅がある。この辺一帯は会社の役員とか貴族の後裔とか大学教授とか著述家とかが多く住んでいて「文化区」として知られているのだが、その0駅の近くに「銀丁堂」という洋菓子店があった。フランス風の、なかなか甘味い生菓子をつくるので「文化人」を顧客として繁昌していた。その支店二つ以外、他の店には決して菓子を卸さないから、この辺の婦人たちには「銀丁堂」の特徴ある包紙をもつことがひとつの見栄にすらなっている。――

その「銀丁堂」の主人の遠縁にあたるものがN新田に住んでいて、間借人の話を直治夫婦のところに持って行ったのだった。「本人は九州のF市の菓子職人ですがな、銀丁堂の主人のところに何度も手紙を寄越して、ぜひ技術をおぼえたいから見習いで採用してほしいと熱心に頼んだのです。もちろん給金も見習いなみでいいからということでね」

その人は夫婦に話した。

「当人は二十六で、地方では立派な菓子職人で通っていい給料もとっている。それが見習いなみの安い手当てでいいというんだから向上心があるんですね。で、とにかく、こっちに呼んでみて素質をみようというわけで銀丁堂の主人が上京させたのです。で、腕を試してみると田舎臭いけれど見込みはある。愛想も何もない人間だが正直なんですな。で、小僧なみの給料で傭ったが、困ったことに雇人の寝起きする場所がいっぱいでしてね。まあ、無理に割りこませることもできないではないが、なにしろ同じ年ごろの人間が職人で自分が見習いじゃ、当人が可哀想だという主人が心づかいで適当な間借り先を見つけてやろうということになりました」

だが、店の近くでは部屋代が高いので少い給金の当人に気の毒である。というところか
ら、こちらにその人間を置いてもらえないだろうか、ここからだとO駅まで電車で三十分
くらいだからまことに好都合だがという話だった。

間借人を置く——初めてのことなので直治夫婦は互いに顔を見合わせた。

「わしのとこは、この通り寂しい田舎だが、本人が辛抱しなさるかえ？」

ヒサが訊いた。

「そりゃ辛抱しますとも。当人も生れは九州の山の中だそうで、田舎のほうが落ちつくと
いってこの話に乗気なんですよ。そうそう、本人は安い給料だけど、実家は中農で毎月金
の仕送りはあるんですよ。三男坊ですがね、東京の菓子職人として一人前になるまでは跡
取りの長男が送金するといってますから、部屋代についてはご迷惑はかけません。万一の
ときは銀丁堂が責任を負いますから」

直治は、そんなら構わねえじゃねえか、と呟くように云った。

「けど、うちには女の子がひとり居るんでね、若い男のひとを置くのはどうだろうね」

とヒサは難色を示した。

「娘さんはいくつですか？」

「十四ですよ。いま、中学生だけど」

紹介者は笑い出した。

「そんならご心配はいりません。本人はもう二十六ですからね。それに職人として一人前になるまでですから、二、三年の間だけ置かせてもらえばいいわけです」

ヒサは、よく考えてみるから、明日もう一度来て欲しいと云った。

## 三

下田忠夫は不恰好な顔だった。顴骨（ほおぼね）がつき出て、頤（おとがい）が長い。鼻が肥えて、唇は人一倍厚かった。いかにも九州人の先祖が南方系であることを証明しているようであった。太い眉は両の間がせばまっていて、濃い毛が色の黒い額（ひたい）にうすぎたなく生え眼も大きかった。ただ、笑うときに出る眼尻の皺（しわ）と鼻の皺に愛嬌が出た。

背が高く、身体は頑丈そうだが、動作は落ちついていて無口であった。その太い指が見せるように、全体がゴツゴツした感じで、およそ女の魅力の対象からは遠かった。

十四のひとり娘のことを考慮したヒサの懸念は消えた。

忠夫は、この家の表側の六畳をあてがわれた。玄関から入ってすぐの突き当りになるのは、彼が朝の五時ごろには起きて電車で「銀丁堂」に行くからである。それと、西側の奥になる八畳の夫婦の部屋の横が富子の寝室になっているので、彼を娘から隔離する意味もあった。

「わりと、おとなしい男じゃねえか」

と、忠夫を家に置いて一週間ばかり経ったころ直治が酒を吞みながらいった。

「そうだね、間借人としては邪魔にならないね」ヒサはいった。「それにしても、醜男(ぶおとこ)だな。様子も垢抜けがしねえし、あんまりものもいわねえよ」

「うむ。ああいう男が間違いがねえ。おれが酒はどうだなといったら、飲めねえ性質(たち)だといやがった」

「おまえさんのつき合いじゃ困るから、ちょうどいいよ」

「とっつきはよくねえな。これから先はどうか知れねえが、いまのところは田舎出のままだ。こっちも田舎者だが、九州の人間とはやっぱり違うからな」

「若い者だし、そのうち東京の風に染まるよ」

「おれはそうは思わねえ、あの男はこのままだろう。二十六にもなった菓子職人が見習い志望でやってきたんだから、根性はしっかりしている。あいつは三年も経ったらいい腕になるぜ」

ヒサはそれに疑い深い眼をした。ごつごつした忠夫と、繊細で優雅な洋菓子づくりとが観念のなかでどうしても一致しないようであった。

「それはそうと、富子のほうはどうだえ？」

直治はひとりで酒をつぎながらきいた。

「どうというと？」

「富子は下田をどう思ってるかな」

「どうも思やしないよ」とヒサは、桃色の歯齦（はぐき）を出して笑った。「あの子はまだ十四じゃないか。子供だよ」

「そうかなあ」

「富子からみるとひとまわりも年の違う二十六の下田はおじさんだからね。それにあんな造作（ぞうさく）じゃ年ごろの娘だって寄りつきはしないよ」

「富子は下田になついているかえ？」

「なつくもなつかないも、下田があの通り無口じゃ、富子だって取りつく島もないよ」

闌（た）けた秋の夜は、遠くの電車の音を運んでくる以外、何も聞えなかった。

「富子は十四で子供というけどな」

酔ってきた直治がいい出した。

「おめえが女になったのはいつごろかえ？」

突然のことに、ヒサは色をなした。

「かくさねえでもいい。おめえがおれのとこにきたとき生娘でなかったのはたしかだからな。おめえの育った村が夜這いがさかんだというのもおれは知っている。おめえの蒲団の中に男が初めて入ってきたとき、おめえはいくつだったえ？」

「何を寝呆けたことを酔っていってるんだえ、酒ばかりくらいやがって、ろくに男の甲斐性もないのを、そんな難癖でごまかす気かえ？」

ヒサは睨(にら)みつけた。

「おめえが、日ごろあんまりガミガミいうから、おっかなくなって、つい、その気がなくなってしもうのだ。……そんなら、今夜あたり久しぶりに抱いてやる。おめえが村の男に早えとこ女にされたと思うとおれだって腹が立ってくるからの」

「ふん、どうだか。いつも駄目なくせに」

ヒサはまだ田に出て働いていた、土地の三分の二を売払い、その金を直治がドブの中に捨てたと同様に失ったいま、ほかの地主のように店を持ったり、アパートを建てたりしているのとは違い、換金の方法がなかった。それだけでも田に立つとヒサは直治に腹が立った。夫婦は野良でよく喧嘩したが、いつも直治が負けた。

「富子」

ヒサは直治のいない畑で仕事を手伝わせている娘に何気ないふうに問うた。

「おまえ、下田をどう思うかえ?」

「ああ、あのおじさん……どう思うかって?」

中学生の娘はふしぎそうに眼をあげた。

「その、おまえとよく話をするかえ?」

「話なんかしないよ、むっつりしてるんだもの」

「じゃ嫌いだね?」

「とくべつ嫌いというほどじゃないけど、好きじゃないわ。あんな人、女からは好かれないわね」

富子はませたいい方をした。

富子は返事をしないで赧い顔をした。

「うむ、徳永先生のような人が来たら、おまえも気に入るだろうがね」

徳永先生というのは中学校の先生で、この近くに下宿して通っていた。色が白く、あるテレビドラマの主演俳優に似た顔なので女生徒に人気のあるのをヒサは知っていた。そして自分でも忠夫の代りに徳永先生に間借人になってもらったらどんなにいいだろうかとひそかに思っていた。それで、富子が赧い顔になったのをみて嫉妬のようなものを感じた。

十四で、もう色気づいている。そういえば今年の二月に初潮があって、その手当ての方法などを教えてやったことにヒサは思い当った。

直治にいまごろになって厭味をいわれている村の男とのことは、ヒサが十七のときだった。それまで入れ代り立ち代り村の男が忍んできたが、結局、日ごろから好ましく思っていた色白の、顔だちのいい男に蒲団にもぐりこまれて、口も身体も動かなくなった。その後、彼とは山の中で二度ほどあった。また、それ以後も違う男を床の中で許したが、顔のよくない男は決して近づけなかった。それがヒサにはいまだに誇らしげな気持でいられる。――あの男たちは、いまごろ、どうしているずら。

みんないい加減な子持ちだとは聞いた。ヒサは二十年前に両親が死絶えてからは村に帰ったことがない。最初にゆるした男は直治より二つ上だったから、もう老いこんでしまったはずである。ほかの男も老爺の顔になっている。――ヒサは山村の青春をなつかしむ気持が空を渡る鳥影のように通りすぎた。

富子はまだ子供だ。が、思春期の入口にきている。下田忠夫に無関心を示し、徳永先生に頬を赧らめるのは、すでに色気が出ている証拠だ。やはり自分の娘のころと気持は少しも違わないと、ヒサは稚い富子の顔と、風呂で見るその身体の変化とを思いくらべてみるのだった。

下田忠夫が来てから三ヵ月ほどすぎたが、彼の様子は初めと少しも違わなかった。ちっとも垢抜けがしないし、相変らず口かずが少かった。もっとも、あの不恰好な顔では手入れをしてもどうしようもあるまい。身体こそがっちりとしているが、一向に風采が上らないのは、すべて不器量な顔に合わせているみたいだった。

忠夫は朝が早く、晩飯も「銀丁堂」で食ってくるので、ヒサは彼と口をきく用事もあまりなかった。洗濯物も、部屋の掃除も忠夫はきちんとするし、間借人として手がかからなかった。もっとも、ヒサは彼のためにそんなことをする気も起らなかった。

そのかわり、彼が居ても不愉快というほどではなかった。馴れてみると、彼の不均衡な顔にも愛嬌らしいものがあった。こっちで話しかけても、ほんの二言か三言しか返事しない点はやはり愉快でなかったが、家に置いて目障りにならないのが何よりだった。

だが、日が経つにつれ直治のほうで忠夫を気に入りはじめた。忠夫は朝早くこの家を出ると晩の八時ごろでないと帰ってこない。直治は彼の戻りを待ちかねるようにして、自分の部屋に呼んだり、自分から忠夫の六畳の間に出向いたりして話した。

そんなとき、忠夫は迷惑そうな顔もせず、重い口を開いて、問われるままに洋菓子の造り方や、九州の話などした。ぼつぼつだが、自分の生い立ちや、家族のことなども語るようになった。

直治が忠夫と話すのをたのしむようになったのは、ヒサともあまり気が合わず、富子もなついてこない孤独からであろう。仕方なしにヒサについて百姓仕事をしている彼は、気の散じようもなく、女房の白い眼をふり切って酒を呑んでいた。どこにも出かけず、訪ねてくる友だちもいなかった。そうした直治は、東京で友人のいない忠夫に親しさを持ったと思われる。

「変り者どうしで気が合うんじゃな」

ヒサは、ときどき二人の低い笑い声を聞いて富子に冷笑をみせた。

酒の飲めなかった忠夫も少しずついけるようになった。

こうして二年ほど経った。

## 四

このころになると長野家ではわずかな変化があった。

忠夫は「銀丁堂」で見習いから一人前の職人になった。それは本人の誠実と、年齢と腕の上達とが主人に考慮されたからだった。彼は自分と同じ年齢または年下の職人のいないなりによく動いた。屈辱的な扱われ方に耐えたのも技術をおぼえる熱心さからだった。地方仕込みとはいえ、彼にはもともと菓子造りの下地があったので腕もめきめきと上った。主人は忠夫の年齢的な振り合いからいっても彼を普通よりは早く職人にしなければならなかった。

しかし、忠夫は「銀丁堂」でもっと働かせてくれと申し入れた。はじめの予定では修業が終ったら再び九州のF市の元の職場に帰って腕ききの職人としての待遇をうけるのだったが、彼はもう少し技術を磨きたいからここに残りたいと希望した。主人は承諾した。

忠夫は、給料がふえても長野家から出てゆかなかった。一つは間借り代が安いからである。「銀丁堂」の近くだと通うのに便利だし、快適なアパートはあったが、家賃が比較にならないくらい高かった。彼は九州から出てきて二年以上経ったが東京の風にはそまらず、新宿や銀座のような賑やかな場所に遊びに行くのを好まなかった。N新田のような田舎に居るほうが彼にはずっと性（しょう）に合っているようだった。それに長く同じ家に間借りしていればそこに馴れてしまって、新しい家に移るのがおっくうらしかった。忠夫はおよそ好奇心とは縁のない性格にみえた。

もう一つ、忠夫がF市に帰りたがらなかったのは、そこに戻ってもやはり使用人だからだ。彼には一軒の店をもつだけの資金はなく、また実家も彼の独立を援助する資力を持ち合わさなかった。それなら、地方の職人でいるよりも、東京の職人でいたほうが身の為だと直治にいった。忠夫は、なまじっかの腕を自負したばかりに崩れてゆく地方の渡り職人の例をたくさん見ていた。

「あいつは、なかなかしっかりしてる」

直治はヒサに話して聞かせた。

この頃になると、ヒサも忠夫の性質をすっかり呑みこんでしまって、「家族同様」の扱いにしていた。変り者なら変り者のような仕向け方もある。晩飯も、いつもいつも店のものではまずいだろうといって特別に用意することもあるし、忠夫が休みのときは家族といっしょに三度の食事をした。

「忠夫さん、あんたひとりでごろごろしていないで、富子をどこかに遊びに連れて行っておくれよ」

店の休みが日曜日と重なったとき、また、富子が学校から早く帰ったとき、ヒサは忠夫にいいつけたりした。忠夫は、生返事をしながらも富子を連れ出した。

「忠夫は富子をどう思ってるんだろうな?」

直治は二人が出て行ったあとヒサにきいた。

「さあ。ああして遊びに連れてゆくところをみると嫌いじゃないんだろうね」

ヒサは明るい顔で云った。

「うむ。もう少し年齢が近いと忠夫と富子とを一緒にさせてもいいんだがな」

「富子はまだ十六だよ、あんた。いくら何でも早すぎるよ。……ただ、忠夫さんのほうでもう二年ほど待ってくれると、ちょうどいいんだけど、あの男も、今は二十八だからね。二年さきだと三十になるし、それまで嫁の話があるだろうしね」

「忠夫は、東京で女房をもらうつもりかな？」

「どうだか。あの男の考えていることは、わたしにはさっぱり分らないよ」

この時期になると夫婦仲が前よりはかなり円滑になっていた。いろいろと気にそまない亭主だったが、五十九歳で老いが目立ってきた。ヒサに亭主をいたわる気持が起ったのかあまり強いことはいわなくなった。ヒサ自身も百姓仕事が前よりはつらくなってきたようである。

三、四カ月が経った。直治がヒサにまた訊いた。

「富子は忠夫について外に遊びに行っているけど、忠夫のことをどう思ってるんだろうな？」

「富子にきいてみたけど、上野の動物園に行ったり、映画館に入ったりするけど、忠夫はやっぱり話もあんまりせず、面白くない人だと云ってたよ」

「そいじゃ、嫌いなのかな」

「嫌いとか好きとかいうよりも、富子は西洋料理をいっしょに食べたり、きれいな喫茶店でお茶をのんだりしたいほうだからね。忠夫のように田舎者臭いやりかたが不足なんだろうよ」

「富子も、もう十六だからとっくに男の好き嫌いがはっきり出る年だ。それが黙って忠夫について出るところをみると、まんざら嫌いでもなさそうだ。忠夫がもう少しおしゃれでもすると違うかもしれん」

「忠夫のあの顔でおしゃれをしてもはじまらないだろうよ。あの男は、いまの泥臭いままでいたほうが似合うよ」

実際、忠夫はこの家に来たときと風采に変化がなかった。つき出た頰の骨と、長い顎と、肥えた鼻と、厚い唇と、濃い産毛とは、男ざかりに近づいてそれぞれの特徴をますます発揮した。不恰好な顔だったが、しかし、それには一種の逞しさが発達していた。

だが、忠夫は一度も外泊したことがなく、ほかの職人のように悪遊びはしなかった。賭けごともしなかった。彼は給料を貯金していた。いつのことか分らないが、将来、小さな洋菓子店を出すときの用意だった。

近所の者で、忠夫が長くそこに間借りしていることや、彼がときどき富子を遊びに連れてゆく姿を見かけることなどで、忠夫を富子の婿養子にしてはどうかとヒサにすすめるのがいた。

「富子はまだ子供ですから、早すぎますよ。忠夫さんがもう二十八じゃどうしようもありませんから」

ヒサは、にこにこして答えた。彼女は直治が年以上に老けているので若くみえた。百姓仕事が辛くなってきたとはいえ、野良で働き、鍛えてきた身体は少しも痩せず、がっちりとしていた。

しかし翌年の春、ヒサは忠夫を富子の婿養子にすることを熱心に亭主に説きはじめた。

「富子も、今年で十七だからね。少し早いようだけど、忠夫といっしょにさせようよ。あの男も二十九だから、ほかの結婚話もぼつぼつ出てくるだろうけど、こうなると、ちょっと惜しいよね。人間はしっかりしているから」

直治はその意見に賛成した。

が、直治は次の疑問を持ち出した。

忠夫がこの家の婿養子になるのを承知するかどうかである。いざ、婿養子になる話になると、ここが東京と接しているだけに、こちらが百姓という点でやはり卑下を感じた。

「忠夫に店をもたせることにしようよ。まだ、田畑が残っているからね。あの半分でも売ったら、近ごろはずいぶんと値上りになっているので、小さな洋菓子店を開くぐらいはできるよ。忠夫は早く一本立ちになりたいに違いないからよろこぶと思うよ」

それはまことに名案だったから直治は同意した。店が繁昌に向うと自分ら老夫婦も忠夫に充分な面倒がみてもらえる。忠夫にとっても恩人だから自分らを疎略にはすまい。そういう打算もその賛成には含まれていた。

次には、忠夫が富子を気に入っているかどうかである。

「忠夫は、あの通り無口で、顔にも気持を出さないからよく分らないけど、富子が好きなようだよ。富子も、このごろはすっかり大人びてきたから」

十七になった富子は顔も身体も成熟期に近づき、皮膚もヒサに似て白く、顔は透き徹るように輝きを加えてきた。ただ、性格のほうは、父親に似て派手ではなく無口であった。しかし、無口どうしの夫婦もいいかもしれない。

かんじんの富子のほうはどうだろうか。

「あの子の気持をそっと聞いてみたけどね。忠夫がまんざらでもなさそうだよ。なにしろ、忠夫がここに三年も居るんだから気心は呑みこんでいるし、知らない男のとこに嫁くよりも安心なんだね」

年の少い娘としては当然そのように思われた。この際、ひとまわりも年上の相手という点では富子に問題はなさそうだった。それに夫婦で長く暮してゆけば、女は老けるのが早いからそれ相当のかたちになってくる。——

忠夫と富子の婿養子の挙式はその年の四月に行われた。ヒサが直治に話を持ち出して間もないことだから、急速な運びであった。

仲人は「銀丁堂」の主人夫婦がつとめた。披露は、この土地に近い町の一番の料理屋で行われたが、その席で主人は忠夫の人柄と技術とを賞讃した。

このようにして、忠夫は長野家の養子に入り、やがて新宿に近いM駅の近くに洋菓子の小さな店を開いた。資金は、約束通り、養家で農地を売った金を当てた。

この時、ヒサはその金の一部で富子にダイヤの指輪を買って贈った。二分の一カラットで二十万円もした。

「結婚と、おまえたちが店を持ったお祝いだよ。大事にしなよ」

ヒサはこのダイヤの指輪を娘に与えたことが自慢で、知った人に吹聴した。

「ダイヤって高いですねえ、四十万円もしたんですよ」

店は「けやき屋」という名だった。養家の裏庭にある欅から思いついて「銀丁堂」の主人が命名したのである。菓子製造は忠夫が当り、見習いの少年を二人やとった。せまい店のほうには富子が白い上被をきて、少女の店員ひとりとういういしく販売に当った。

その店の奥の三畳の間には少年二人を泊らせた。それほどこの借りた家は狭かったので、両人はN新田の家から通った。夫婦仲はむつまじかった。

N新田の界隈も次第に家が建つようになって、新開地の様相を呈してきた。だが、冒頭でも書いたように、犯罪の伏在はどこにでもある、長く述べてきた長野家のこうした平和な経緯の中にも「犯罪の因子」は胚胎していた。

## 五

それより一年後、直治が卒中で倒れた。酒のせいであった。生命は助かったが、半身不随となった。忠夫がこの家にはじめて間借りしてから四年後である。

家庭のなかは思うようにゆかないものである。養子夫婦は順調に運んでいるのに、直治が厄介な病気にかかった。

忠夫と富子はもう少し店をひろげて、そこに引移るつもりでいたが、これでは一応計画を放棄しなければならなかった。忠夫は不自由な身体の直治のために富子を二日おきぐらいに家に置き、自分も夜は店から家に戻った。

ヒサは近所の人の見舞に頭をさげていった。

「おかげさまで婿と娘とが親父さんを大事にしてくれますから、本人はよろこんでいます。わたしも、親父さんがああいう身体になってしまった今は可哀相でならないから、できるだけ親切にしてやります」

ヒサは、これまではとかく不足な亭主として口争いをしてきたが、不自由な身となったのだから、女房として最後の愛情を尽したいと望んでいるようだった。実際、直治のよろよろした身体を支えて蒲団に寝起きさせたり、茶碗を持って食事を彼の口に入れてやったり、肩に彼をすがらせて縁側を伝って便所通いをするヒサのかいがいしい姿が、用事があってくる人や、通りすがりの人々の眼に写った。

中風は容易に回復しないものだが、それから一年ばかり経つと、直治も少しは様子がよくなった。そのころ、病人は安静のために別の部屋にひとりで置かれたが、彼の寝たり起きたりは、ヒサが夫の頭をうしろから持たねばならなかった。直治も蒲団の上に坐って舌だるいいい方ながら、たまに訪ねてくる人と話はできるようになった。食事も茶碗だけはヒサや富子が持つが、自由のきく左手で箸は動かせた。便所への歩行は、ヒサの肩が提供されたが、直治は半分はヒサへの気がねからか彼女の眼をかくれるようにして戸や壁を伝わりながら歩いた。

「あんた、そんな危いことして万一、転んだらどうする気かえ？」

ヒサは発見すると病夫を叱った。

忠夫の洋菓子店は繁昌した。いままでは見習いのほか菓子職人も一人傭い、表の女店員も三人となった。忠夫のつくる洋菓子の味がようやく評判を呼んだのである。女店員を三人にしたのは、その忙しさのためもあるが、富子が始終は店に出られず、家にいる日が多いからだった。富子が店に出るときは、午前中に菓子製造を終えた忠夫が夕方早目に家に戻り、夜九時ごろ帰ってくる富子を待つのだった。

忠夫も相変らず無口だったが、直治にはよく尽した。

「忠夫は親父さんとは性（しょう）が合うんですね。親身になって面倒をみてくれますよ。親父さんも忠夫だと富子に世話してもらうよりもよろこんでいます。……忠夫はわたしにはそれほど親切にはしてくれませんがね」

ヒサは近所の人に笑顔で云い、あとは少し不満そうな眼になった。

結構じゃありませんか、お婿さんがご不自由なお舅（しゅうと）さんにお尽しになるなんてそうざらにお目にかかれるものじゃありませんわ、あなたもいずれはお婿さんに親切にしてもらえますよ、と近所の主婦は挨拶した。

忠夫の評判は近所によかった。長野の家はいい婿をもらったといって昔の農家仲間のみならず、近ごろこの辺に建ちならんだ住宅街の人々も羨ましがった。不器量な忠夫だが、店主ということで、それなりの重味がついた。商売の苦労が彼の人間を揉み、風格をつくりあげたかにみえた。彼の無口も人には堅実という印象を与え、誠実な人間だというふうにうけとられた。

忠夫はそうした勤め人の奥さんたちのために、店の品の註文品を持ち帰っては便宜をはかった。サラリーマンの主婦たちはいっぺんに多くは買わなかったけれど、「近所」ということで忠夫はどんなに少くても面倒がらずに配達した。菓子はおいしかったので、その好評が忠夫の人気にもなった。とくに、来客のあった家庭では客にその菓子がよろこばれたといってたいそう重宝がられた。

徳永教諭の妻は、忠夫の顧客だった。徳永は富子が中学生のころの、あの生徒に人気のあった徳永先生である。色白の美男子だった徳永先生はその後、近くにある高校の教師にかわり、恋愛の末に資産家の娘と結婚して、近所に瀟洒な住宅を建ててもらって住んでいた。その妻も美人でまるい肉づきのいい女であった。夫はすでに往時のテレビ俳優の面影を喪失していたが、妻は、おしゃれで、いつも厚目の化粧をし、身ぎれいな装いをしていた。

彼女は実家から金をもらっていたので、結婚前の贅沢さを（高校教師の妻という立場で考えてのことだが）つづけていた。店から帰る忠夫に菓子を註文する度合は彼女がいちばんであった。どうしてそんなことが分るのかふしぎだが、彼女は徳永と結婚する前は何度か派手な恋愛をして、なかなかの「発展家」だったという噂であった。

だが、そのようなことは何でもない。新開地ともなればいろいろな人間がここに移ってくる。長野家の人間の生活とはかかわりのない話であった。

しかし、その長野家の中では、直治が中風になって一年目に決して小さくない異変が起った。

晩春の夜、便所に行くつもりで壁に手を当てて庭に面した濡縁(ぬれえん)を歩いていた直治が転倒して縁から落ちた。そこには、この家が出来るとき、庭を造るつもりで運び入れた大小の庭石がころがっている。縁側に近い、その石の一つに直治は頭を打って死んだ。誰もそばにいなかったので分らなかったが、死体で見つけられたときは、そういう状況であった。

もっとも、そのとき、家に誰も居なかったわけではない。ヒサが医師や近所の人に話したところによると、家には彼女も娘の富子もいた。ヒサは奥で縫物をしていたが、縁側のほうで大きな音がしたので起ってのぞきに行った。そこで土の上に横たわっている夫の姿を見た。直治は、便所に行くのにヒサや富子の手をかりるのを嫌い、黙って不自由な足どりで通っていた。

「富子、富子。お父さんがたいへんだ」

ヒサは縁からとびおりて、直治の肩を両手で持ちあげながら奥に向って叫んだ。

返事はなかった。

「富子、富子。何をしている」

ヒサは甲高く呼んだが富子はすぐにはこなかった。彼女がやっとそこに現われたのは、十二、三分も経ってからだった。

ヒサは直治を座敷に抱え上げるのを富子に手伝わせながら、

「こんなとき、おまえ、何処に行っていたのかえ？」

ときいた。

「忘れていた洗濯物をとりこみに裏で……」

富子は低い声で云った。

「ばか。こんなときそばに居ねえで……」

と、ヒサは叱った。

中風の年よりが庭石に頭を打ったのだからひとたまりもなかった。直治は一言も発せずに死んだ。六十二歳だった。

「便所に行くときは必ずわしらにそういってくれといっておいたのに、あの人は、それがうるさいのか、わしらへの遠慮からか、かくれるようにひとりで通っていたんですよ。日ごろからよく気をつけてはいたんですけど、こっちの油断が悪かったのです」

通夜の席で、ヒサは弔問者に云っては泪（なみだ）を拭いた。

忠夫とならんだ富子は母のうしろで下を向いていた。

直治の三十五日がすぎてから、ヒサの身のふり方が問題となった。

富子は母に云った。

「お母さんもひとりになったのだから、この家に居ることもないわ。わたしたちのお店のほうに来てよ。いっしょに住んだほうがいいわ。わたしたちも、お店とこの家とを通っているんじゃ不便だし、くたびれて仕方ないわ」

「いっしょに住めといったって、あの店にわしの居るところがあるかえ?」

「だから、店をひろげるんだよ。お母さん、隣の人は売ってもいいと云ってるから、その家を買いとって、店を拡張する。そしたら、お母さんの居間だって立派にとれるよ」

無口な忠夫が熱心に云った。

「おまえたちに、そんな金があるのか?」

「だから、この家と土地と、田圃を売ったらその資金は充分にできるのよ」

ヒサは忠夫の顔をじろりと見た。

「イヤなこった」

と、ヒサは激しく首を振った。

「わしはこの家に居るよ。この家は親父さんと長い間いっしょに住んでいたんだからね。わしが足腰立たなくなったときは移るかもしれないけど、当分はここから動かないよ。田圃も売らないね。おまえたちがここに戻りたくなかったら、それでもかまわないよ。わしは、畑仕事をしながら自炊して暮すからね」

ヒサの強い反対に、富子は忠夫の表情をそっと見た。

ヒサは五十六歳であった。

## 六

そのような経過を経てN新田の長野家では現在に至っている。通りがかりの人たちが見上げる「長野忠夫」の標札にもこうした歴史が含まれていた。三本の高々とした欅の樹と雑木林の一部で武蔵野の名残りをとどめているこの住宅風な農家を表からのぞく者でもそこまでは分らなかった。

家の歴史は現在でも未来の流れにつづいていた。

ヒサが頑固に家と土地とを売るのを拒んで以来、家の中が冷くなった。忠夫夫婦は世間体もあって老婆ひとりをこの家に残すこともできず、前と同じように店に通勤した。忙しい際は、忠夫が店に泊ることもあるが、そんな時も富子は母の家に帰った。また、富子が遅いときは、忠夫が早目に家に戻った。

まったく無駄なことだった。ヒサさえ店にいっしょに住むようになればこんな時間の浪費はしなくても済む。宅地と農地を売れば、最近の法外な値上りのことだし、まとまった金が入る。それで店の拡張や新装ができ、客をもっとつかむことが可能である。商売は好調に向っているとはいえ、夫婦にそれだけの資金はなかった。半分は金融でまかなうとしても、あとの半分を調達するにはこれから先、何年かかるか分らなかった。忠夫も富子もヒサの頑固をうらんでいる様子だった。

「土地は死んだ亭主が苦労してわしに残してくれたんですからね、そうすぐには売るわけにはゆきませんよ。わしに財産が一つも無くなったとき、わしはまるきり忠夫夫婦の世話にならねばなりませんからね。そうしたら、あんた、わしは邪魔もの扱いされて泣くような目に遇いますよ」

そんなことはない、と間に入った「銀丁堂」の主人がヒサにいい聞かせたが、その説得は功を奏さなかった。

「わしが元気な間は、できるだけ野良仕事をします。今から閉じこめ隠居の厄介物扱いされるのは真ッ平ごめんです。何が不便か知りませんが、忠夫と富子は今まで通りこの家に寝て店に通ってもらいます。もともと、あのお店にしたって、旦那もご承知の通り、わしらが土地を売って開かせたんですからね、そんなわがままは通らないはずですよ」

「銀丁堂」の主人は手を引いた。

「婆さんが死ななきゃどうにもならないな。あれでは、あの土地を抵当にも出さないだろうよ」

主人はあとで忠夫にいった。

しかし、死ぬのを待つといっても遠い将来であった。ヒサは五十六歳で、髪も黒く、顔艶もよかった。身体つきも肉がしまっていた。直治が死んでからはよけいに若々しく見えた。

一種の苛立たしい空気が長野家を支配した。忠夫は、これまでの遠慮を払い落したように義母に対して大きな声を出すようになった。とくに、富子が留守のときは忠夫の怒声が家の外にも洩れることがあって近所の人を驚かせた。それは義母に向って叱言をいうというよりも、老婢でも罵っているような声であった。

ヒサは、はじめのほうこそ何かいい返していたが、忠夫の勢いに呑まれたように沈黙した。それはまるで娘の富子が帰るのを待つかのようだった。——これが外で聞いた人の印象である。

「ひどいじゃありませんか。忠夫が急に威張りはじめて。つまらないことに癇を立ててどなり散らすんですよ。わしをまるで女中か何ぞのように思っているらしいんですよ」

ヒサは、体裁悪さのいい訳もあって、近所の人にこぼした。以前と違い、長野家の周囲には住宅が隙間なく建っていた。

「あのおとなしい方がねえ」

と近所の主婦の大半はサラリーマンだったが、意外そうな顔をし、次にヒサに同情を見せたが、むろん内心では好奇心で聞いていた。

「それで、富子さんはどうしてらっしゃるんですか？」

「娘は、あなた、それこそおとなしい子ですからね。亭主には強くいえないし、わしと亭主の間に入っておろおろするだけですよ」

「まあ、お可哀相にねえ」

近所の主婦たちは、口かずの少い富子を見ているだけに、これにはしんから同情した。だが、近所の忠夫の評判は悪くはなかった。無口だが、商人らしく腰は低いし、洋菓子の註文がどんなに少くても面倒がらずに店から持ち帰って配達してくれた。第一、菓子がたいそう美味しい。

近所の人も、ヒサと養子の不仲の原因が、土地を売る売らないにあるのを知っていた。それはヒサが忠夫の悪口をいうたびに少しずつ洩らしたからである。ヒサは土地を売らない理由として、「銀丁堂」の主人に話した通りのことをいった。

近所の反応としては二通りあった。ひとつは忠夫の主張がもっともで、ヒサの頑冥が折角の商売の繁栄を阻（はば）み、彼が焦慮（あせ）って憤るのは無理ないというのだった。もうひとつは、ヒサのいうのは当然で、土地を失えばヒサは養子夫婦に厄介視されるだけだ、それは世間にざらに例のあることで、彼女は土地をあくまでも死守すべきだというのだった。あとの意見は多く年配の夫婦や、息子夫婦の世話になっている老寡婦から出た。こうした間にも、忠夫とヒサの険悪な仲はいっこうによくならないようにみえた。店に行って富子のいないとき、それは忠夫が店から早目に帰る夕方だったが、ヒサに向ける彼の怒声や罵声がしばしば外まで聞えた。

それを耳にしたものは、忠夫がいかにヒサに対して遠慮会釈もない態度に出ているかが想像できた。それに対抗するヒサの声がだんだん小さくなってゆくことにも気づいた。身体が不自由でも直治が生きているときは、ヒサは養子の横暴は決して許さなかったろうし、また、忠夫もそれができるはずはなかった。やっぱり役には立たなくても亭主がいるといないとはずいぶんと違うものだという感想をだれでもが持った。事情を知った者は、その直治と忠夫とは気が合っていた様子を思い出すにちがいない。

こうした母と夫との間に立って、富子はほとんど為（な）すところがないようだった。忠夫がヒサを罵（ののし）るのは富子が家にいるときもあったが、彼女は母のほうにつくでもなく、夫の側に立つでもなく、といって、積極的に両方の間をとりなすふうでもなかった。外部からは分らないが、富子が板ばさみになって苦しんでいる様子はよく察せられた。忠夫に虐待されればされるほどよけいに最後の財産にしがみつこうとしていた。また、忠夫夫婦も、思い切ってヒサをその家に棄てて自分たちだけで店に引移るでもなかった。さすがにそれでは外聞がはばかられるらしく、やはり夜だけはヒサの家に寝た。一つは、店が狭いので夫婦の寝場所も荷物の置場所もないからだが、それだけに忠夫の焦燥と憤懣が第三者にも分るのだった。

このような三人の変則的な生活が一年近くつづいたころ、忠夫と徳永教諭の奥さんとの仲が普通でないという噂が近所にひろがった。

忠夫は註文の洋菓子を徳永の奥さんのもとによく届けにゆく。奥さんは界隈でも男の眼を惹く美人で、自分でもそれを意識していつもきれいに化粧をしている。変な顔の忠夫との取り合せは奇態だが、こういうことは常識的な観察では当てはまらない。それに奥さんのほうには娘時代の前歴の噂もあった。好男子よりも今は忠夫のような顔よりも逞しい身体の男を浮気の相手に望んでいるかも分らなかった。あまり口かずをきかない忠夫のような朴直な男のほうが、美男子で世辞の上手な男ばかりを相手にしてきた恋愛経験者には新しい魅力かもしれなかった。

とにかく、その噂はどこから立ったか分らないが、相当な信憑性をもって附近に伝播した。徳永の奥さんがしきりと洋菓子を註文して忠夫をよびつけるのも、忠夫がしげしげと奥さんのところへ足を運ぶのもそこに結びつけて意味が生じる。奥さんと忠夫とが夕暮どきに近くの雑木林のなかで密会していたという話さえ伝わった。

忠夫の雑言に対してヒサの抵抗がはじまったのはそれからである。ヒサの耳にその噂が入ったらしく、忠夫を逆に罵りはじめた。

「近所の奥さんと浮気なんかして、それでも富子が可哀相と思わないか」

ヒサの激しい声のなかにその言葉だけが高かったせいか、家の外で聞いた人があった。ヒサもやっぱり母親だ、これまでは忠夫の冷罵に耐えていたが、娘可愛さに猛然と婿を攻撃しはじめたのだと近所の人は今度はヒサの心情に同調した。

富子のほうは夫婦争いをするのがみっともないと思ったのか、それともすべて母親の口喧嘩に任せているのか、彼女の声は少しも聞かれなかった。

しかし、事態はだんだん悪化していった。富子の居ないとき、忠夫がヒサを殴打する音が聞えるようになった。ヒサが逃げ回る音と、この婆ア、という忠夫の罵声が交差し、ついで平手打ちの響きと、ヒサがヒイヒイとあげる悲鳴が隣の家にもはっきりと洩れた。が、事情が事情なだけに、だれも仲介に入ることはできなかった。

そうした状況が三カ月ばかりつづいた秋の晩、忠夫夫婦が家に居ないとき、ヒサが何者かによって殺された。

## 七

十月二十五日の午後七時半ごろ、富子はいつものようにM駅から電車に乗り、九時ごろに自分の家の前に戻った。

あとで富子が警察の捜査員に述べたことだが、家の裏口から一歩なかに入ったとき、どうも様子がおかしい。それはいつも住んでいる人間の感覚で、見た眼には異状はないのだが、何か変ったことがあるような予感が走った。それで富子はそれ以上は内部に入らず、また裏口から出て、隣の家のブザーを鳴らしたのである。

富子がなぜ電話のあるわが家に駆けこまなかったかといえば、忠夫は昨日から菓子組合の慰安旅行で、二泊の予定で箱根の温泉に行っていたからである。

隣の夫婦が富子に付いてきてくれ、三人は家の中に入った。ヒサの寝ているところは前に直治が病身を横たえていた四畳半である。忠夫と富子とは、それより廊下を隔てた奥の八畳を居間と寝室に使っている。

電灯を消した中でヒサは蒲団の中に枕を当てて寝ていた。見たところこれも異状はない。

だが、電灯の光を当ててみて三人はおどろきの声を発した。暗赤色をしたヒサの顔の下には素人眼にもはっきりと分る深い索溝（さくこう）が頸（くび）に付いていた。

三十分後に警察から多ぜいの人が来た。

ヒサの死体の検視をした老警察医は死後二時間以内だといった。すると八時前後ということになる。これはあとの解剖でも確認された。死因は絞殺による窒息死で、抵抗のあとがないところから、熟睡中に絞殺されたと推定された。凶器の紐は発見できなかったが、細紐のようなものだというのが解剖医の意見だった。

家の中は荒らされていなかった。畳にも、裏の出入口にも、それから通路に当るところにも犯人らしい足跡はなかった。富子はタンスなどを調べてみて衣類一枚盗まれていないと申し立てた。ヒサの名義による五十二万円の銀行預金通帳も印鑑も抽出しの中の冬衣裳の間に無事だった。預金通帳は富子も忠夫も知らないものであった。ただ、ヒサのガマ口の現金が奪（と）られていた。だが、刑事の観察では、強盗事件というカンがしなかった。

まだ解剖の結果が分る前、つまり現場で検視が行われているときに、富子が隣の家で電話を借りて、箱根の旅館にいる夫に急報しようとした。

「長野さんは五時半ごろに外出されましたよ」

菓子組合の幹事が電話口に出て告げた。

「今夜もそちらに泊ると聞いていましたが」

「いや、それがね、何か急な用事を思い出したからといって出て行ったんですが、もしかすると、また、こっちに戻ってくるかも分りませんね」

幹事は、忠夫の妻からの問合せ電話に弱っていた。忠夫が組合の宴会を口実に浮気しているのだったら、女房には体裁よくいってやらねばならない。

「そうですか。では、主人がそっちに戻るようなことがあったら、急用があるからすぐに電話をかけるようにいって下さい」

富子は隣の家の電話番号を念のため幹事に告げて、受話器を置いた。

「五時ごろというと、今は十時二十分だから、五時間以上も前ですな。すると、東京に帰ってくるなら、もう、とっくに着いているはずだが」

刑事は頑丈な腕時計に視線を落して云ったが、その眼つきには疑わしげなものが出ていた。家の中で採集した指紋は家族のものばかりだったのである。

「奥さん、お母さんは人に恨みを買っていたようなことはありませんか？」

警官の一行のなかで係長か主任と思われる背広服の恰幅のいい人がやさしく訊いた。ハイカラな柄のネクタイを締めていた。

「いいえ、思い当るようなことはありません」

「お母さんの交際範囲は？」

「母はあまり人とは深い付き合いはしないほうでした。近所の方とも、道でお会いしたときにご挨拶をする程度で」

ここで、その人は家族関係のことを聞いた。

「ご主人は洋菓子屋さんですか。それでは儲かっているでしょうな。わたしの近所にもちょっと名の知れた洋菓子屋があって、ずいぶん繁昌してますよ」

その人はかすかに笑った。が、すぐにその微笑を収めてきいた。

「ご主人とお母さんの間は円満にいっていましたか？」

富子にとって辛い質問だったので返事はすぐ出なかった。彼女の眼の高さにその人のしゃれた縞のネクタイ模様があった。

「父が生きているときは割合にうまくいっていたのですが、亡くなってからはあんまり……」

「よくいってなかった？　その原因は何ですか？」

恰幅のいい警察官は富子の述べる言葉を注意深く聞いた。

「すると、お母さんの持っていた土地をみんな売払えば、時価にして四、五千万円はあるわけですね。それだけの資金をお菓子屋さんに注ぎこめば大したものだ。ご主人がお母さんにそれを望まれたのは当然ですな。あなたもご主人と同じ気持だったでしょう？」

「思い違いをしないでください。主人は母が反対するので諦めていたのです」

「だが、お母さんが亡くなれば……げんにこの通り亡くなっているわけだが、その土地はみんなあなたがたのものになるわけですね」

このへんから——背広の人は地元署の捜査課の係長だったが、その口ぶりも眼つきも少し妙に変ってきた。

「まさか警察では主人のことを……」

富子が恐怖と怒りをまじえた顔で云いかけた。

「いや、そんな考えはありません。いまのところ警察では強盗事件という以外、何の先入観も持っていませんから」

「母もそろそろ年ですから、そういつまでも頑張るとは思いません。また、何十年生きられるとも思えませんから、そのときを待てばよいのです。主人もそういってました。何も無理をすることもありませんわ」

「そりゃ、そうです」

係長は富子の言葉を聞き流して、

「それにしてもご主人の箱根からのお帰りは遅いですなあ」

と、表のほうを見た。表には懐中電灯の光や捜査員の歩き回る足音が動いていた。

「湯本の××旅館からだと、小田急の始発駅のすぐそばだから、新宿まで一時間半あれば充分ですね、新宿から此処まで電車と歩行とで一時間くらいだから、向うを五時に出ているなら、この家には七時半ごろには戻っているはずだが。余裕を見てもね」

すでに十一時を過ぎていた。

「奥さん、ご主人は帰りにどこかに寄る予定がありましたか？」

「聞いていません」

「そうですか。……ところで、奥さんがこの家に着かれたのは？」

「九時五分前でした。家の中の様子がおかしいと思ったので、お隣の方をお呼びしてごいっしょに中に入ったので、十分くらいかかったと思います」

「お店を出られたのは？」

「七時十分ごろでした」

「ここまで二時間近くもかかりますか？」

「電車が四十分ほどかかります。店から駅まで歩く時間と駅で電車を待つ時間とで十五分ぐらい、それに近くの駅に下りて家に戻るまでの歩く時間が七、八分です。いつも一時間はたっぷりとかかります」

「今日はあと一時間近くよけいにかかっているようですが」

「はい、それはこれから一キロ東に当る徳永先生のお宅に頼まれたお菓子をお届けに上ったのです。主人が昨日註文をうけたのですが箱根に行って居ないものですから」

「ははあ、その徳永先生というのは顧客ですか?」

「そうです。いつもは主人が頼まれたものをお届けに上っています」

「そこで、どのくらい居ましたか?」

「奥さまと三、四十分くらい話しました。女の足で一キロの往復には三十分はかかります」

「店を出られるときには、店員がいましたか?」

「はい、いつも店に泊っている見習い職人の男の子が二人居ました」

膝の上に組み合わされた富子の指には三年前に亡母から買ってもらった半カラットのダイヤの指輪があった。

翌日のうちには捜査員の聞込みによって長野家の内情が全部分った。被害者と養子婿の仲の悪かったことと、その原因と、実母と亭主の間にある富子の立場とさらに忠夫と徳永先生の奥さんとの噂と——とくに忠夫がヒサを罵っていたこと、打擲していたことなどが警察の注意をひいた。

「それは事実です」

四日経ち、三回目の事情聴取のとき富子はかなしげに実母と夫との不仲を承認した。それまでに彼女自身の帰宅までの行動は店の見習い職人と徳永の妻によって証明できていた。

「忠夫さんと徳永先生の奥さんとの噂は？」

「それは聞かないでもありませんが、根も葉もないことだと思います。わたしはあまり気にかけていませんでした。あの晩も、お菓子をお届けしてお話ししたくらいですから」

「忠夫さんは、いま、どこにいるか心当りはありませんか？」

「さあ、分りません。一日も早く帰ってくれたらいいと思っています」

忠夫は箱根を出た日から姿を消していた。

## 八

忠夫が十月二十五日の午後五時二十分小田急湯本駅発の急行に乗ったのは、その人相や服装などで駅員が証言した。この電車は新宿駅に六時三十分に到着する。新宿からN新田の駅までは一時間十分くらいである。解剖で推定された午後八時のヒサの死亡時刻には忠夫は充分に間に合う。

地元署に置かれた捜査本部は、忠夫は八時前に家に帰ってヒサを絞殺して出て行った、そのあと一時間くらいして富子が戻って死体を発見した、という論理を組み立てた。

忠夫の養母殺しはもちろん計画的で、箱根に泊っていることになっているのを「奇貨となし」（警察用語）旅館の組合員には「事情があって外出」という、いかにも好きな女とでも遇うような意味ありげなことをいって出た。動機は、土地を売らないヒサに憤り、養母を殺せば早く四、五千万円の金が手に入って店舗拡張の希望が達せられると考えてだろう。

だが、強盗に見せかけての犯行後、忠夫は恐怖をおぼえた。第一、最初の計画通り再び湯本の旅館に戻ったにしても、その間のアリバイが成立しない。忠夫はさまざまな口実を考えていたであろうが、結局、いい開きの不可能を知って逃走した。——こうした推理は警察官ならずとも市民でさえ気づく。当の忠夫はあれから一週間経っても行方が知れないのである。

捜査本部では警察庁を通じ、全国の警察署に長野忠夫の手配をした。

二週間後、忠夫は九州の小さな町の旅館で逮捕された。箱根に行ったときの服装のままで、シャツも洋服もよごれ、憔悴していた。彼は翌晩の急行で素麺の産地として知られているその田舎町から東京に向った。東京から来た刑事二人が彼の左右に坐って、ときどき彼をいたわった。手錠の上には刑事のくたびれたオーバーがかけられてあった。忠夫は終始眼を伏せ、弁当にもひと箸つけただけだった。だが、ときどき、彼は何か安心したような表情を見せた。

捜査本部に入った忠夫は犯行の一切を自供した。警察が推定した通りである。

――忠夫が家に入ったとき早寝のヒサはすでに蒲団の中に横たわって熟睡していた。彼は富子がいつものように九時半ごろに戻ってくる前に目的を果したかったので、たとえヒサが起きていても背後から倒して首を締めるつもりだった。彼はヒサの枕元に立って合掌し、馬乗りになって彼女の首に細紐をかけた。紐は店に送られてくる菓子原料の箱に使われている強靭なものである。ヒサはもがいたが、彼はうつ伏せにして押えつけ、後頸のところで紐を結束して締めあげた。ぐったりとなったヒサの身体は二十分後に、死の前の痙攣を起した。彼はヒサの財布を奪い、再び駅に向ったが、引返すのを駅員に見られそうなので、車の通る街道まで歩いてタクシーを拾い、新宿に出た。しかし、養母を殺した衝撃と、アリバイがないことを考えて恐ろしくなり、そのまま東京駅に出て大阪行の列車に乗った。

京阪地方を五日間放浪した。その間にポケットに入れた紐と現金を抜きとった財布とは神戸の海岸から海に捨てた。洋菓子店も人生もすべて破壊されたことを思うと絶望で自殺を考えた。その場所を求めて中国地方を彷徨し、九州に渡って田舎を流れているときに土地の刑事に踏みこまれた。

忠夫の自供は以上のようなことであった。

忠夫は警察から検察庁に送られた。

係になったA検事は三十五、六の人だった。彼は警察から送致されてきた一件書類を通読し、忠夫を調べた。忠夫の自供に変更はない。参考人として訊問した妻富子の供述も、実母ヒサと養子婿とが不和だったことをいっている。警察記録には近所の人々も、忠夫がヒサを悪罵し、ときに殴打していることを述べている。物的証拠は、忠夫が海に凶器の紐を投棄しているので無かったが、彼の犯罪を証明するに足る情況証拠は十二分に揃っていた。A検事はもちろん、起訴を決心した。

A検事は起訴状の草案をつくるに当って、もう一度はじめから警察記録を読みはじめた。すると、忠夫が犯行を説明する場面にちょっと気になることがあった。

それは次の、警察署の捜査係長と忠夫の取調問答の箇所である。

問　家ノ中ニ入ッテ、ドウシタカ。

答　養母ハ蒲団ノ中デ寝テイテ、私ガ入ッタコトヲ知リマセンデシタ、電灯ハ消シテアリマシタガ、私ガ開ケタ襖カラ隣室ノ電灯ノ光ガ細ク洩レテソノ明リデ様子ガヨク分リマシタ、私ハ養母ヒサノ枕元ニ立ッテ手を合ワセマシタ。

問　ナゼ合掌シタノカ。

答　コレカラ殺ス人ニ向ッテ詫ビタノデス。

問　ドンナフウニシテ合掌シタカ。

答　指ト指トヲ組ミ合ワセテ拝ミマシタ。

問　普通、神棚ヤ仏壇ニ向ウ時ノヨウニ伸バシタ指ト指ヲ掌ト一緒ニ合ワセテ拝ンダノデハナイカ。

答　違イマス（ソノ通リニ恰好ヲ見セテ）、コンナフウニ指ト指トヲ半バ握リ合ワセルヨウニシテ拝ミマシタ。ソレガ済ンデ、紐ヲ持ッテ養母ノ上カラ掛ケ蒲団越シニ馬乗リニナッテソノ頸ニ紐を捲キツケマシタ。

前にここを読んだA検事は、犯人も養母には多少尊属に対する気持と、洋菓子店を開かせてもらった恩義があるので、殺害する前に合掌したのだな、と思って読み過したが、今、そこを読んでみて、ヒサを殺害しようとする前に生前憎悪していた相手に合掌するだけの心の余裕が忠夫にあっただろうか、と疑問が湧いた。

ヒサは彼の実母ではない。殺すくらい憎悪をかけた他人である。忠夫は人を殺すという行為の前に気持が上(うわ)ずっていて昂奮状態にあったと思われる。それにぐずぐずすると富子が帰宅するおそれもあるから一刻も早く殺して、箱根に引返さなければならないのだ。彼に手を合わせるゆとりがあっただろうか。

A検事は拘置所に行って忠夫に面会し、ほかの訊問といっしょにこの疑問を質してみた。

「警察で申し上げた通りです。養母を絞殺する前にこんなふうにして拝みました」

忠夫は悪びれもせずに答えて、検事の前でも、両の指先を組み合わせるようにして合掌の形をして見せた。

その翌朝、A検事が食卓についていると、妻の翡翠の指輪がふいと眼についた。ふだんから見なれているものだが、参考人として呼んだ忠夫の妻の指に光っていたダイヤの指輪を思い出したのである。妻は十年前に洗濯のとき小さなダイヤの指輪を指から抜いてそのへんに置き忘れたまま紛失していた。その直後に来た御用聞きに持ってゆかれたのだろうと推察したが、証拠がないのでそのままとなった。以来、新しいダイヤを買ってやる機会がなかった。

A検事の頭に閃くものがあった。彼は妻と三、四の問答をした。

検事は役所に出ると、忠夫の犯罪捜査記録をもう一度詳細に読みはじめた。今度は別な主観を持って読んだので、眼が新しい見方になっていた。検事は各記録から十何箇所に亘ってメモにとった。

忠夫は養子婿になってから直治とは仲がよかった。この時期はヒサともそれほど悪くはない。直治が死んでから、忠夫はヒサに辛く当るようになった。ヒサが土地を売るのをどうしても承知しないからだが、それでも忠夫のヒサに対する態度は異様である。忠夫はヒサを悪罵し、虐待し、殴打した。が、ヒサはあまり強くいい返さない。これは日が経つにつれて顕著になっている。検事はこれまで気がつかなかったが、いま、読んでみると、その行為は、忠夫にもヒサにも嗜虐的な、何か狎れ合っているようなものが感じられる。

これに対して富子は両者の間に中立的だが、それは実母と夫との板挾みになっているというよりも、一種の傍観的な態度がみえている。

近所の人の証言によると、ヒサが忠夫に猛然と反抗しはじめたのは、徳永の妻と忠夫の噂が立ってからだという。これは捜査の段階で事実でないことが分ったが、ヒサの婿に向けた怒りは娘富子を可哀相に思っただけだろうか。――

A検事は考え抜いた末に、拘置所に忠夫を訪ねた。

「君は、箱根から家に戻って裏口から入ったとき、そこには誰かが先に来ていたね？」

忠夫は蒼い顔に眼をいっぱいに見開いた。

「君はそれを知ってその辺にかくれ、ヒサの居間でその人間が何をしていたか見ていたはずだ。隣の間の電灯の光が洩れて中の様子がよく分った。その人間はヒサの枕元に立って手を合わせていた。それからヒサを絞殺した。君はずっと目撃していたが、それを制めに入らなかった。なぜなら、君にもヒサへの殺意があったからね。君が箱根の旅館から急に帰ったのも、ヒサを殺害するためだったのだ。つまり、君はその人物に先を越されたのだ。で、君はその人物が犯行を終えて家を出て行ったあとで逃げた。どうだね？」

忠夫は顔を伏せて答えなかった。

「しかし、君は嘘の自供をした。嘘をいうためにはなるべく現実的に犯行を述べなければならない。だから、君は目撃した通りを自分の犯行のように話した。ヒサを殺す前の合掌がそうだ。……しかしね、君が見たのはその人物がヒサに向って手を合わせて拝んでいたのではないよ。あれは手の指輪を抜いていたのだ」

忠夫の顔が上り、凄い眼で検事の顔を睨んだ。重大な錯覚に気づいたときに人間がみせる驚愕の極致の表情だった。

「女のなかにはね、何か手荒い仕事をするときは、それにとりかかる前に大切な指輪を指から抜きとる癖のひとがいる。洗濯をするとか、何か大きな荷造りをするとか、そういった時だ。それは指輪の保護の意味もあり、綱とか紐とかを括るとき、かたく握るために指輪でとなりの指が痛くなる、それをまぬがれるためでもある。これは習性になっている」

「………」

「その女はヒサを絞殺する前に、その習慣から意識的にか無意識的にか指輪を抜いたのだ。

そのときの様子が、隣室の細い電灯の光の中であたかも女がヒサに合掌しているように見えたのだよ。君はだいぶん距離をおいてのぞいていたからね。……無理もない、実の娘が母を殺すのだから、君にはそれが拝むように瞬間に映ったのは当然だ。だから君は、犯行の話に現実性を加えるため『合掌した』と云ったのだよ」

「富子がいいましたか！」

忠夫は口走った。

「それはこれからだよ。その前に訊くがね、富子は、夫の君と、実母のヒサとの仲をいつごろから気づいていたかね？」

「富子は何もいいませんが、多分……」

と、忠夫は顔に汗を流して云った。

「二年前からでしょう。養父の直治が中風で倒れてからだと思います。そのころから養母(はは)の私に対する要求が前よりは強くなりましたから」

「そのころから要求が強くなった？」

検事が聞き咎(とが)めた。

「ヒサと私とは直治がまだ元気で、私が独身であの家に部屋を借りていたときからです。当時、十七になったばかりの富子を急いで私と結婚させたのもヒサです。直治や富子に知られ、ひいては近所の噂になるのをおそれたからです」

　今度は検事が意外な眼になった。

「ヒサは、店に移るのをどうしても承知しませんでした。店に行けば、改築したところで家はせまいし、住込みの店員などの眼があるので、広い田舎の家に私たち三人でいたほうが便利だったのです。富子が遅く店に残っている日は私が夕方に帰るので、肉欲の強いヒサは何でも出来たのです。富子が心細くなるというのは口実です、私との関係をできるだけつづけたいからです。土地を売ると自分が心細くなるというのは口実です、私との関係をできるだけつづけたいからです。私自身もこの歪(ゆが)んだ奇態な関係をふり切ろうとしても、その瞬間にはふしぎな快感をおぼえて、ずるずるになっていたのです」

「うむ。それで殺害を考えたのだね？」

「ヒサから脱がれるには、殺すほかはなかったのと、早く土地を手に入れて売却し商売をひろげたいのと両方です。……検事さん、ヒサを殺したあと、私が早く自殺すればよかったのです。そしたら警察で述べたような遺書によって犯人は私ということになったでしょうから。富子の罪を何とか軽くして下さい。あれも可哀相な女です」

　忠夫は最後に云った。

　――富子はＡ検事の取調べに答えた。

「母と忠夫との関係は今から四年前、私が十五の時から気づいていました。母が父の睡(ねむ)ったあとに抜け出して忠夫の部屋に入って行くのです。私は真夜中に廊下を往来(ゆきき)する母の足音を月に何度となく聞きました。父も、うすうす知っていたようですが、酒のみで、働きのあまりない父は母に頭が上らず、何もいいませんでした。それに酒のみの父は夫婦関係に弱く、母を満足させることができなかったと思います。農地を売って欺されたあとはよけいに母に萎縮していたと思います。

　母は、私が十七になったとき、急いで忠夫との結婚をすすめました。私は母の魂胆(こんたん)が分っていましたが、忠夫が嫌いでなかったのと父が気の毒なので承知しました。母は父と私の手前をごまかすつもりか、二十万円も出して結婚記念のダイヤを買ってくれました。父もこうなると母の悪い癖も改まると思ったのでしょうし、私もそう信じていたのですが、いっこうに変りはありませんでした。母には、その生れた村の悪い風習が滲(し)みこんでいたのです。眠ったふりをする私のそばから忠夫がそっと起きて母の待っている別間に入るのをどんな思いで耐えたか分りません。私は忠夫には沈黙を守っていました。

　けれど、半身不随でも父が生きていると母には邪魔です。私も邪魔ですが、二人よりは一人のほうがいいにきまっています。父はひとりで便所に行くとき転び庭石に頭を打って死にましたが、あれは母が父を殺したのです。あのとき、私は裏で洗濯物をとりこんでいましたが、変な胸騒ぎがするので、裏から庭伝いに便所の見えるほうに足音を忍ばせて回りました。そこで見たのは母が縁側から足の不自由な父を庭に思いきり突きとばしている瞬間でした。

私は、舌も脚もしびれて、声も出ず、その場にとび出すこともできませんでした。父が可哀相な、というよりも、いまそこに出たら母に悪い、という気持でいっぱいでした。私は、母の呼び立てる声にようやく裏に引返し、さも、そこから駆けつけてきたような風をしました。そのときの自分の行為がまるで母と共犯者になって父を殺したような気持で思い出され、その忌わしさが次第に母に対する憎しみとなりました。

母への憎しみは、父の死後、忠夫に執拗になってゆく母の欲望を垣間見るにつれて強くなりました。決して土地を売ろうとしないのも、忠夫との醜関係をつづけたいからです。忠夫は三日置きぐらいに店から夕方早く母のいる家に帰っていました。だれも居ないあの家で二人が勝手放題のことをしているのを想像すると、お客さんに向ける私の笑顔も凍ってしまいます。

忠夫が母との不自然な関係を早く断ち切りたい気持は分ります。そのため、忠夫は父が死んでから母に悪態をつき、女中のようにこき使って虐待しました。母が何か口答えすると忠夫は母を殴りつけました。母はろくに抵抗もしなかったのですが、私は決してその間に入ってとりなそうとはしませんでした。忠夫が母を虐める様子には、まるで夫婦のじゃれつきのような、ねばねばした、愛欲が感じられたのです。母はとくに忠夫に殴られるときは顔を蔽いながらも、何ともいえぬよろこびが、あの五十六歳にしてはずっと若い、しまった身体にあふれるのです。痛さに耐えかねたように身体をもだえさせましたが、あれは恍惚のうごめきでした。

母に対する憎しみは、私の心の中で頂点に達しました。もう母ではなく、完全に夫を奪い取った女です。父を殺すのを黙って見ていた私の共犯意識も私の母に対する殺意を助けました。私が徳永の奥さんと忠夫との噂を近所に撒き、それが母の耳に入ると、母は嫉妬に駆られました。それまで忠夫にどんな悪態をつかれても、殴られても、おとなしかった母が、人間が変ったように激しく忠夫に突っかかってゆくようになったのです。私は、その逆上ぶりを見てからよけいに母が醜悪な動物に映りました。私は母を殺すことにしました。

十月二十五日、私は七時半にM駅近くの店を出て、夫からその前の日に云いつけられた徳永さんの註文の菓子箱を携え、タクシーを拾ってN新田の駅近くに降りました。人目のないところで車をとめさせたのです。それからまっすぐに家に帰りました。暗いし、だれも見ていませんでした。菓子箱を物置小屋のそばに置き、母の部屋に、襖をそうっと開けて入ると、隣の部屋の電灯がその小さな隙間から射しこんだので、母がよく睡っているのが見えました。

私は店からポケットに忍ばせていた菓子材料の包装用の細紐をとり出しました。そしてその紐の端を手に握りしめたとき、指輪が邪魔になるのに気づき、枕元に立ったまま手から指輪をゆっくりと抜きました。抜いたのは母の首を絞めるのに指輪が邪魔だったからだけではありません。そのダイヤの指輪は、たとえ誤魔化しのためにもせよ、母が私にくれたものです。どうして、その指輪のある手で母の頸を絞めることができるでしょうか。

私は母を殺したあと、菓子箱を持って徳永さんの家を訪ねたのです。前の申し立てでは、この順序を逆にしました。

当日、忠夫が予定を変えて箱根から新宿行の五時二十分発の急行電車に乗ったこと、そのまま行方を晦ましたことで、私には忠夫が何をやろうとして戻り、そして、そのまま逃げたかだいたい察しがつきました。

……あの人は自殺なんかできる性格ではありません。忠夫がつかまって虚偽の告白をしたのは、やはり私に済まない気持があったのと、自分の恥をいいたくなかったからでしょう。でも、母殺しの罪を引きうけるあの人の気持は最後まではつづきません。私が自首して出るのを待っていたと思います。そういう人なのです。

私は、忠夫の裁判がはじまってから自首するつもりでした。それまでは拘置所で苦しめたかったのです。——あの人も、長い間、私を苦しめてきたのですから」

Ａ検事の前の富子はハンカチを嚙んだ。

土地をさがしに来た中年夫婦が足をとめた。

「おや、このへんに、たしか欅のある雑木林を庭に残した家があったはずだが。……そうそう、標札に長野忠夫という名が出ていたね、去年来たとき見かけたけれど」

いっしょにきた不動産屋が地図を片手に答えた。

「その家のあとがこの新しいアパートです。長野さんは九州だかどこかに行ったそうです。この土地もいい値で売ったらしいですな」

「ほう、あの家がなくなって、このアパートかね」

中年の夫は残念そうに云った。

「このへんからも、だんだん農家らしい家が減ってゆくね」

妻が夫を促すようにさきに歩き出した。

「長野さんの家もいろいろと事情があって……」

不動産屋は低い声でそれだけを呟いた。

三人が歩き去った道の上には煙草が青い煙をあげていた。向うには、まだ雑木林が家の間にところどころ見えていて、辻には石の道祖神がある。――

# 編者解説

南陀楼綾繁

ああ。「中央線」よ空を飛んで
あの娘の胸につきささされ

——友部正人「一本道」


本書は、現在のＪＲ中央線の沿線を舞台とした短篇小説のアンソロジーだ。

一般的に東京〜名古屋を走る中央本線のうち、東京〜高尾間を中央線と呼ぶ。その前身は私鉄の甲武鉄道だった。

甲武鉄道は一八八九年（明治二十二）に新宿〜立川間で開業。当時の駅は新宿・中野・境・国分寺・立川駅だった。境は現在の武蔵境である。その後、一八九四年（明治二十七）には新宿〜牛込間が開業。牛込駅はのちに廃止される。翌年、牛込〜飯田町間が開業。日露戦争中の一九〇四年（明治三十七）には御茶ノ水駅が開業。そして一九〇六年（明治三十九）には、この路線が国有化されることになる。

中央線という呼称は、一八九二年（明治二十五）に公布された鉄道敷設法で初めて使われたという（中村建治『中央線誕生　東京を一直線に貫く鉄道の謎』交通新聞社新書）。また、中央線を含む国有鉄道は、一九〇八年（明治四十一）の鉄道院設置以後は「院線」、一九二〇年（大正九）の鉄道省設置から一九四三年（昭和十八）までは「省線」と呼ばれた。後者は内田百閒の「土手三番町」に登場する。

中央線と云えば、東京の中心を東西にまっすぐ走る路線というイメージがある。実際、東中野から立川まではほぼ直線で、その長さは二四・七キロに及ぶ。これは本州では一位の直線区間だという（小林克己監修『JR中央線沿線なぞ解き地図』昭文社）。

なぜこのように一直線のルートに決まったかについては、甲州街道や青梅街道沿いの敷設に対して地元の反対が強かったという説と、「住民の少ない新田地帯が用地買収上有利」だったという説がある（永江雅和『中央沿線の近現代史』クロスカルチャー出版）。なかなかルートが決まらないことに憤慨した鉄道局の技師が、地図に定規で一直線を書いて決まったという伝説もある（『中央線誕生』）。

この中央線のまっすぐさを歌ったのが、吉祥寺生まれのフォーク歌手・友部正人だ。「一本道」は、印象的なフレーズのあとで「どこへ行くのかこの一本道／西も東もわからない／行けども行けども見知らぬ街で／これが東京というものかしら」と続く（『おっとせいは中央線に乗って』思潮社）。一方、阿佐ヶ谷に生まれ立川高校に通った詩人の吉増剛造は、「僕は中央線の子なのに中央線が一直線に敷かれているのが嫌い」だと語る（『我が詩的自伝　素手で焰をつかみとれ！』講談社現代新書）。

明治後期には、中央線の電車化と複線化が進む。一九一九年（大正八）には中野〜吉祥寺間で電車運転が開始。これによって運行時間が短縮できたことから、一九二二年（大正十二）には、阿佐ヶ谷駅、高円寺駅、西荻窪駅が開業した。

中央線沿線を発展させたのは、一九二三年（大正十二）に発生した関東大震災だ。これによって都心から中央線沿線に移住する人口が増加した。

井伏鱒二は一九二七年（昭和二）に、牛込鶴巻町から荻窪に引っ越してきた。

「関東大震災がきっかけで、東京も広くなっていると思うようになった。ことに中央線は、高円寺、阿佐ヶ谷、西荻窪など、御大典記念として小刻みに駅が出来たので、郊外に市民の散らばって行く速度が出た。新開地での暮しは気楽なように思われた。（略）貧乏な文学青年を標榜（ひょうぼう）する者には好都合なところである」（『荻窪風土記』新潮文庫）

家賃が安く、独身者が住みやすい環境で、しかも新宿などの都心部に近いことから、中央線には多くの作家が集まった。あとで触れるように、その交流のなかから、「阿佐ヶ谷会」が生まれた。

戦後になると、中央線沿線の人口はさらに増加する。西側にある三鷹、国立、八王子などが発展し、その近辺に住む作家も増える。高円寺、阿佐ヶ谷、荻窪、西荻窪は、上京してきた若者が住み、古本屋、レコード屋、映画館などに通うサブカルチャーの発信地となった。その一方で、大岡昇平が『武蔵野夫人』で描いた野川沿いの「はけ」(崖)のように武蔵野の面影がいまも残っているのが、中央線の魅力だろう。

本書に収めた十一篇は、いずれも中央線の駅やそれを取り巻く街を描いている短篇だ(国有化される以前、甲武鉄道の時代に書かれた田山花袋「少女病」などは対象から外した)。そして、作者自身が中央線沿線(もしくはその近辺)に居住した経験を持っている。また、電車で移動する場面がある作品も数篇選んだ。

配列は、作中の起点となる駅(太宰治「犯人」は吉祥寺、尾辻克彦「風の吹く部屋」は国分寺)が東から西へと並ぶようにした。

なお、内田百閒と井伏鱒二については、作品の長さの関係もあり、例外的に随筆とも見なせる作品を選んでいる。

以下、各作品を選んだ理由や、作家の中央線との関わりなどについて、若干補足しておきたい。

## 内田百閒「土手三番町」

『近きより』（正木ひろし個人冊子）一九三八年五月。『鬼苑横談』（新潮社、一九三九年）に収録。

内田百閒は「冥途」などの幻想的な小説や、『百鬼園随筆』などの軽妙なエッセイで知られるが、特に鉄道紀行「阿房列車」シリーズはいまでも多くの読者を得ている。しかし、このシリーズでは中央本線には乗っておらず、中央線の駅で降りたという記述も見当たらなかった。鉄道で西へと云えば、一等車で東海道本線に乗るという意識があったのだろうか。

「土手三番町」は短い文章だが、省線電車の響きとミミズクや小鳥の鳴き声との対比が印象的だ。

百閒がこれらの音を聞いた家は、麹町区土手三番町（のち五番町と改称）にあった。「引越して来てから、まだ半歳にもならないが」とある通り、一九三七年（昭和十二）十二月に転居している。山本一生『百間、まだ死なざるや　内田百間伝』（中央公論新社）によれば、「四ツ谷駅で下りて市ケ谷方面に向かい、雙葉高等女学校を右手に見て少し行ったところにある細長い二階建ての家だった」。

この引っ越しの直前、百閒は東京鉄道ホテル（現・東京ステーションホテル）に宿泊し、名作「東京日記」を執筆している。その滞在の様子を綴ったのが、「鉄道館漫記」である。

百閒はこの土手沿いの家に八年間暮らしたが、一九四五年（昭和二十）五月二十六日未明の空襲で焼失する。この辺の事情は『東京焼盡』や『百鬼園戦後日記』に詳しい。隣の家の敷地にある掘立小屋で三年暮らし、元の家があった近くの六番町に小さな家（通称「三畳御殿」）を建てて移る。そして、八十一歳で亡くなるまで、この家で暮らした。

百閒は中央線の電車の響きを聞きながら、三十年以上もこの地で生活したのだ。

**五木寛之「こがね虫たちの夜」**

『オール讀物』一九六九年二月。『こがね虫たちの夜　五木寛之作品集』（河出書房新社、一九七〇年）に収録。

五木寛之は『青春の門』『四季・奈津子』『風の王国』などの長篇小説がベストセラーになるとともに、『風に吹かれて』などのエッセイでも知られる。八十九歳になる現在でも精力的に執筆活動を続けている。

一九五二年、五木は早稲田大学文学部露文科に入学する。福岡から上京したときには住む場所も決まっておらず、早稲田の穴八幡宮の床下で寝泊まりしたという。その後、椎名町、戸塚、鷺宮などに住む。「当時、私たちは、中野駅北口の一画を中心に出没していた」と五木は書く（『五木寛之エッセイ全集』第二巻　講談社）。

中野の商店街にあるバー〈シャガール〉に集まる大学生グループの哀歓を描いた「こがね虫たちの夜」には、その頃の五木の体験が反映されている。〈シャガール〉のモデルは、同じ画家の名前を冠した〈ルドン〉。中野の喫茶店〈クラシック〉のオーナーが経営していた（林哲夫『喫茶店の時代　あのとき　こんな店があった』ちくま文庫）。

作中にも「その店のマダムがコミュニストであると噂されていた」とあるが、五木はエッセイでも彼女がコミュニストであり、若い学生を同志と見なしていたと書く。

「私たちは時に十円も持たずに〈R〉へ行き、マダムに頼んで店の名前を書いたプラカードを持たせてもらった。そのプラカードを肩にかついで数時間、中野駅前をうろついて帰って来ると、マダムは何がしかの労賃を払ってくれるのである。その金で私たちは酒を飲み、看板まで坐っていた」（同）

五木と一緒にこの店に通っていた露文科の同級生で、のちに作家となる川崎彰彦は長篇小説『ぼくの早稲田時代』（右文書院）で、彼の視点で〈ルドン〉（作中では〈ムンク〉）での日々を描いている。「こがね虫は　虫だ」を歌う場面も登場する。「こがね虫たちの夜」と読み比べてみるのも面白い。

なお、中野駅は南北がガードによって結ばれているが、これは駅周辺の土地を掘り下げて、線路より低くしたものだという（川本三郎『郊外の文学誌』新潮社）。この工事によって、中野駅に北口が設置され、北側に商店街が発達していった（『中央沿線の近現代史』）。

それでも、作中にあるように、一九五〇年代の中野は「駅をおりると北口の正面にちょっとした広場があり、汚れた犬が商店街の入口で小便をしていたりするような街だった」のである。

**小沼　丹「揺り椅子」**

『日本』一九六五年七月。『懐中時計』（講談社、一九六九年）に収録。

小沼丹は、日常を題材に取りながら、ユーモアと悲哀に満ちた文体で小説やエッセイを発表した。明治学院高等学校の頃から井伏鱒二を愛読し、二十一歳で荻窪の井伏宅を訪問している。井伏への敬愛は終生変わらず、『清水町先生』などで井伏について書いた。二人は将棋仲間であり、何人かで点取り表をつけると、「いつも勝ち点が多いのは小沼君」

だったと、井伏は回想する（「小沼君の将棋」、『井伏鱒二文集』第一巻　ちくま文庫）。

小沼は武蔵野市の私立学園の勤務を経て、早稲田大学で教えている。武蔵野市関前の自宅からは中央線で通ったと思われる。「揺り椅子」の冒頭では、主人公の「大寺さん」が、普段眺めていたよりも高い位置に風景が見えることに驚く。車内の会話から、中央線が高架線になったのだと気づくとともに、阿佐ヶ谷駅近くの「プウル」を眺めて、ある男のことを思いだす。**Wikipedia**によれば、阿佐ヶ谷駅が複線のみ高架化したのは一九六四年九月で、高架複々線化工事が完了したのが一九六六年四月だというから、高架化を体験した驚きをわりとすぐに作品に反映したのだ。

「揺り椅子」は「大寺さん」ものの第二作。「黒と白の猫」で妻の死について書く際、一人称ではうまくいかず、「「僕」の替りに「大寺さん」に出て貰った」のが最初だった（「懐中時計」」、『小沼丹全集』第四巻　未知谷）。

じつは本作には原型がある。一九四四年に執筆された「柿」で、『ゴンゾオ叔父』（幻戯書房）に収録されている。当然ながら、高架から下を眺める描写はなく、「プウル」も会話の中にだけ出てくる。読み比べてみると、中央線を効果的に使った「揺り椅子」の方がより印象に残る。

全集刊行後も、小沼の未収録作品の刊行は続いている。幸せな作家と云えよう。

**井伏鱒二「阿佐ケ谷会」**
『小説新潮』一九四九年四月。「我が師・我が友」の一篇として発表。

井伏鱒二は早稲田大学中退後、同人誌『世紀』に参加。その後、長い雌伏の時を経て、一九二九年（昭和四）に「山椒魚」で文壇に登場する。『集金旅行』『本日休診』などのユーモアあふれる作品や、広島の原爆を描いた『黒い雨』など事実を題材とした作品がある。先に触れたとおり、一九二七年（昭和二）から荻窪に住んで以来、徴用や疎開を除けば、九十五歳までずっとこの地を離れなかった。前後して、荻窪や阿佐ヶ谷など中央線沿線に住むようになった作家と交流した。

井伏の記憶によれば、一九二九年頃、「阿佐ヶ谷将棋会」が発足。作家たちが集まって将棋を指したという。これにはもっと遅く、一九三八年（昭和十三）頃からはじまったという説もある（青柳いづみこ・川本三郎監修『「阿佐ヶ谷会」文学アルバム』幻戯書房）。ともあれ、井伏をはじめ、外村繁、古谷綱武、青柳瑞穂、小田嶽夫、太宰治らが参加した。それが戦後には、将棋よりは酒が中心の会となった。

井伏は『荻窪風土記』をはじめ、「縁台将棋」「太宰治――その印象記」などで、阿佐ヶ谷会について書いている（『「阿佐ヶ谷会」文学アルバム』に収録）。「阿佐ケ谷会」は短い文章だが、「私は友達がなくてはやりきれない」という独白に、中央線沿線に住む作家たちとの交流が井伏の心の支えになっていたことが窺える。

## 上林　曉「寒鮒」

『国民新聞』一九三九年二月十八日付朝刊。『野』（河出書房、一九四〇年）に収録。

上林曉は高知県出身。熊本の第五高等学校を経て、改造社に入社。一九三二年（昭和七）に発表した「薔薇盗人」が注目され、文筆生活に入る。精神を病んだ妻を描いた「聖ヨハネ病院にて」など、身辺に題材をとった私小説を書き続けた。

上林は一九三六年（昭和十一）から七十七歳で亡くなるまで、杉並区天沼の家に住んだ。妹の徳廣睦子は、その家の印象をこう書く。

「兄とともに天沼の家に着いたとき、私は驚いた。檜の木がちょろちょろ二、三本植わっているきりで、塀もなければ門もない。うっかりしていると、見過ごしてしまいそうな、古くて小さい家に、兄は入って行ったからである」（『兄の左手』筑摩書房）

睦子は入院した兄嫁の代わりに、この家に住んで主婦の役割をこなし、上林の子どもたちを育てた。そして、一九六二年に上林が脳溢血で倒れてからは、手が不自由な「兄の左手」となって、口述筆記を担当するのだった。

この家に長く住み、私小説一筋だった上林には、中央線沿線を描いた作品が多い。「花の精」「風致区」「弁天駅付近」「死と少女」などには、街の様子が生き生きと描かれている。それらの中から「寒鮒」を選んだのは、ちょうどいい長さであることもあるが、「私」が訪問する勝部氏がドイツ文学者の浜野修をモデルにしているからだ。

上林と浜野は改造社時代の知人だったが、浜野が近所に住んでいることを知り、交友が復活した。二人はともに将棋を好み、二百番の手合わせを行った。上林は本作以外に「二閑人交游図」などで、浜野をモデルにした作品を書いている。

本作には、浜野の下宿に行く途中、サーカスのテント小屋を通りかかる場面がある。そこで発される「結局人を感動させるものは、あんまり輝き渡ったものより、うらぶれたものにありますね」という言葉は、上林の文学全体に当てはまるのではないか。

**原　民喜「心願の国」**

『群像』一九五一年五月。『原民喜作品集』第二巻（角川書店、一九五三年）に収録。

原民喜は、十二歳で兄と肉筆の雑誌を発行し、詩や散文を発表する。慶應義塾大学文学部予科に入学後も詩作を続け、三十代で作家としての活動をはじめる。一九四四年（昭和十九）に妻が病死し、翌年、郷里の広島市に疎開。そこで原爆に遭う。この年、その経験を反映した「夏の花」を執筆するが、ＧＨＱの検閲を考慮して公表せず。発表できたのは二年後の『三田文学』だった。

戦後に上京した原は、貧苦に耐えながら創作を続けた。一九五〇年、武蔵野市吉祥寺に転居。翌年の三月十三日の夜、原は中央線の西荻窪・吉祥寺間に身を横たえ自殺。死後に発表された「心願の国」には、現実の苦しさから生み出された詩情や救済への祈りがある。

作中で主人公は中央線の踏切に立って、次のように考える。

「人の世の生活に破れて、あがいてもがいても、もうどうにもならない場に突落されている人の影が、いつもこの線路のほとりを彷徨（さまよ）っているようにおもえるのだ」

原は若い頃から電車や自動車に異常な怖れを感じ、自分が轢死するという幻想を口にしていた（梯久美子『原民喜　死と愛と孤独の肖像』岩波新書）。

また、作中のＵという少女はタイピストの祐子で、原は『三田文学』で友人となった遠藤周作とともに彼女と交際する。原の祐子宛の遺書には「あなたとご一緒にすごした時間はほんとに懐しく清らかな素晴らしい時間でした」とある。

原の通夜と葬儀は、亡くなった妻の弟の佐々木基一の家で行われた。佐々木家は阿佐ヶ谷駅から歩いて二十分かかる阿佐谷北にあった。

「会葬者の数は予想したよりもはるかに多かった。（略）原民喜の死が自殺というショッキングな死に方であったせいもあるかもしれない。しかしそれ以上に、どこかで原民喜と会葬者たちは、眼にみえない絆で結ばれ合っているのではなかろうかとわたしには思えてならなかった」（佐々木基一『鎮魂　小説阿佐谷六丁目』、『佐々木基一全集』第八巻　河出書房新社）

**太宰　治「犯人」**

『中央公論』一九四八年一月。『櫻桃』（実業之日本社、一九四八年）に収録。

偶然だが、戦後に自殺した作家が続く。太宰治は一九四八年六月十三日、山崎富栄と玉川上水に入水。その数日後に遺体が発見され、三鷹の禅林寺に葬られる。

太宰は一九三三年（昭和八）に天沼三丁目に住むが、三カ月後には天沼一丁目に転居。その後も荻窪近辺で三度転居している。太宰は一九三〇年（昭和五）に、井伏鱒二を訪ねている。荻窪に住んだのは、井伏の近くにいたかったからだろうか。

井伏は太宰についてこう書く。

「間もなく彼は荻窪に移って来て家も近くなったので、それからはたびたび私のうちに遊びに来た。いっしょに散歩したり、いっしょに旅行にも出た。学校を怠けていたらしく、彼は制服をきて朝のうちから来ることもあるし、また夜おそくなってから来ることもあった」（「太宰治のこと」、『井伏鱒二文集』第一巻　ちくま文庫）

二人は将棋をよく指した。また、太宰は阿佐ヶ谷将棋会にも参加している。

太宰は一九三九年（昭和十四）に、北多摩郡三鷹村下連雀（現・三鷹市下連雀）に転居。戦時中の甲府や津軽への疎開を経て、終戦後に三鷹に戻り、旺盛な創作活動を行う。

三鷹が登場する作品には、戦前の「東京八景」、戦後の『斜陽』「ヴィヨンの妻」などがあるが、ここでは「犯人」を選んだ。あまり知られていない作品であるとともに、三鷹駅から東京駅に向かって中央線に乗って逃げる描写が印象的だからだ。

なお、この作品について志賀直哉は広津和郎、川端康成との「文藝鼎談」（『社会』四月号）で、「実につまらないと思ったね。始めからわかっているんだから、しまいを読まなくたって落ちはわかっているし」と話した。これを受けて、太宰は『如是我聞』で志賀批判を展開するのだ。

## 吉村　昭「眼」

『季刊文科』第一号、一九九六年七月。『遠い幻影』（文藝春秋、一九九八年）に収録。

吉村昭は、実在の人物や出来事を入念に調べたうえで多くの長篇小説を書いた。その一方で、短篇小説にも力を注いだ。あるインタビューで吉村は「でも短篇書いているのが、やっぱり生き甲斐なんですよね。辛いことは確かなんですよ。いまも苦しんでいる最中です」と述べている（笹沢信『評伝吉村昭』白水社）。

吉村は一九六九年、三鷹市井の頭に家を建て、亡くなるまでその家で暮らした。「井の頭公園に接した地に移り住んだのは二十五年前で、夕方になると公園を横切って吉祥寺の町に飲みに行く」（「ハイカン」、『わたしの流儀』新潮社）

吉村はエッセイではしばしばこの街について触れており、「フィクションの小説でも自然に自分の住む地を舞台に使っていることが多い」とも書いているという（「吉村昭氏と三鷹市立図書館」、『吉村昭研究』第三十七号、二〇一七年三月）。しかし、短篇を一通り読んでみても、生まれ育った地である日暮里を舞台にした作品が多いのに比べると、三鷹という地名や街の描写がある作品はほとんど見当たらなかった。

「眼」は、「私」の自宅と吉祥寺駅との間にある井の頭公園で見かけたホームレスの男について、想像を巡らせる。男の「なにか激しく動揺している眼」を意識しながらも、「私」は冷徹な観察者の立場を貫く。

吉村は同じ「眼」というタイトルで、別内容の短篇を書いている（『螢』筑摩書房、一九七四年、に収録）。

なお、吉村昭が生まれた地である荒川区の吉村昭記念文学館には、三鷹の家の書斎が再現展示されている。また、三鷹市では吉村邸の書斎を移築する計画が進められている。

**尾辻克彦「風の吹く部屋」**

『文學界』一九八一年十二月。『国旗が垂れる』（中央公論社、一九八三年）に収録。

前衛美術から出発し、表現の幅を広げていった赤瀬川原平が、小説『肌ざわり』を書くときに使ったのが尾辻克彦という名前だった。最初は文芸誌に書く小説は尾辻、美術やエッセイは赤瀬川と使い分けるつもりだったが、それが次第に崩れていったという（聞き手・松田哲夫『全面自供！』晶文社）。

赤瀬川は一九五五年に武蔵野美術学校油絵科に入学した際、武蔵小金井に住む。

「以後、西から並べると小金井、吉祥寺、西荻窪、荻窪、阿佐ヶ谷といった駅の回りをついたり離れたりしながら、中央線的、杉並区的ハーモニーの中で二十年以上も暮らしてしまったのである」(「杉並区中央線、駅の近く」、『現代詩手帖』一九七八年七月)

「風の吹く部屋」は、娘と二人の生活を描く「胡桃子」ものの一篇。自宅とは別の場所に「うちのお風呂」があり、中央線に乗って入りに行くという発想がすごい。作中では国分寺の自宅から高円寺の風呂へと出かける。銭湯ではなく自分の風呂に行くのだからスリッパで出かけるという論理もぶっ飛んでいる。この発想は、赤瀬川が美学校で講師を務めていた頃に交わしていた雑談から生まれたという。

「イメージの遊びなんだけど、それが現実のシビアな面に反応して、とんでもない広がりをしていくのね。異様にワクワクしていた」(『全面自供!』)

一九七六年には赤瀬川の名義で「妄想科学小説」と銘打った「マイホーム計画」を発表している(『文藝別冊　赤瀬川原平』に収録)。このショートショートが、さらに「風の吹く部屋」に発展していったのだ。

## 黒井千次「たまらん坂」

『海』一九八二年七月。『たまらん坂　武蔵野短篇集』(福武書店、一九八八年)に収録。

黒井千次は中学生の頃から小説を書きはじめ、東大卒業後、会社で働きながら『新日本文学』に作品を発表。古井由吉、後藤明生らと並び「内向の世代」の作家のひとりと目された。八十九歳の現在も執筆を続けている。

豊多摩郡杉並町大字高円寺（現・杉並区高円寺）に生まれ、西大久保、中野、小金井、府中など中央線沿線で生活してきた。

「戦争末期の空襲で中央線の周辺は都心部から郊外にかけて多くの地域が焼失したけれど、そして戦後の復興によって大きく変貌はしたけれど、子供のころを過ごした土地の記憶は薄れることがない」（「あの街とこの街」、『散歩の一歩』講談社）

「たまらん坂」は、「自分が住んでいる土地やその近辺を作品の舞台にもテーマにもしたような短篇をいくつか書いてみたい」という意図からはじまった連作の一作目。

「私」の友人の飯沼要助は、ある日、国立の自宅に続く「多摩蘭坂」の名前を気にしはじめる。彼は、かつて戦があって落武者が「たまらん、たまらん」と云いながら逃げたという説を知る。

「そう考えていると、いつか自分の姿が遠い昔の戦に敗れた武者の影に似て来るように思われた。なぜか、それは不思議に心の静まる光景だった」

図書館の地域資料室にまで足を運び、この坂の由来に執着する要助の姿はユーモラスであり、中年男性の悲哀を感じる。

「武蔵野短篇集」と銘打たれたこの作品集には、「おたかの道」（お鷹の道）、「せんげん山」（浅間山）、「そうろう泉園」（滄浪泉園）など、実在の地を舞台にした作品が収められている。「けやき通り」で、見慣れた風景が無残に変わる描写が印象的だ。

## 松本清張「新開地の事件」

『オール讀物』一九六九年二月。『証明』（文藝春秋、一九七〇年）に収録。

松本清張は、一九五三年に『或る「小倉日記」伝』で芥川賞を受賞し、上京。荻窪の叔母の家に寄宿した。翌年、練馬区関町に転居。一九五七年には練馬区上石神井に移転。そして、一九六一年には、杉並区上高井戸に自宅を新築した。つまり、中央線かそれに並行して走る西武新宿線、井の頭線沿いに住んでいたわけだ。

初期の長篇『ゼロの焦点』では、後半に米軍基地のあった立川が出てくる。また、『歪んだ複写』では武蔵境駅の北で死体が発見される。

岡村直樹は「清張が造型した人物のうち、勤め人は驚くほど中央線沿線の居住者で占められている」と指摘する（『「清張」を乗る　昭和30年代の鉄道シーンを探して』交通新聞社新書）。また、清張作品で武蔵野は殺人現場に使われており、出てくれば人が殺される「お約束の場所」という指摘も興味深い（『松本清張　黒の地図帖　昭和ミステリーの舞台を旅する』平凡社）。

今回収録した「新開地の事件」の舞台は、武蔵野の風情が残る「N新田」。「新宿から中央線沿いに西に、順々と、しかも、急速にひろがって、みるみるうちに田や畑が住宅地となった。そうした家と家との間に残された農地は忽ちあとからの家で埋めつくされ、商店街が出来、団地が建てられると、さらに発展した」

昔ながらのムラと、新しく広がってきたマチとが混じる「新開地」で、殺人事件が起こるのだ。

長野家に婿入りする忠夫が修業するのは、中央線O駅近くの洋菓子店〈銀丁堂〉。文化人が集まる店とあることから、清張も愛したという西荻窪の〈こけし屋〉がモデルではないだろうか。さらに忠夫は富子と結婚し、「新宿に近いM駅」の近くに洋菓子店を出す。イニシャルにこだわらなければ、中野辺りではないだろうか。

N新田の家とM駅の店の間を、一時間以上かけて通ううちに、殺意が芽生えていく。

以上の十一作のほかにも、本書に入れたかった作家や作品は多い。

阿佐ヶ谷会のメンバーだった木山捷平や外村繁、小金井に住んだ串田孫一、国立に住んだ山口瞳。先般亡くなった瀬戸内寂聴は、「西荻窪」「三鷹下連雀」など居住した地名をタイトルにした連作『場所』を書いている。現存作家でも、阿刀田高、ねじめ正一、角田光代らが中央線沿線を舞台にした作品を書いている。また、中央線についてのエッセイも数多い。機会があれば、それらも紹介したい。

私は一九八六年に上京して、西荻窪の南側に五年、北側に二年ほど住んだ。その頃は、自転車で高円寺や阿佐ヶ谷、あるいは吉祥寺に出かけ、古本屋と映画館、ジャズ喫茶に入りびたり、どっぷりと中央線の文化にひたっていた。

その後、たまたま中央線とは真反対の谷根千（谷中・根津・千駄木）周辺に住むようになって、四半世紀が過ぎた。いまでは、中央線沿線に出向く機会は減っている。

中公文庫の藤平歩さんから依頼されたとき、そんな私が中央線小説のアンソロジーの選者になっていいのかと戸惑ったが、自分で選んだ作品を一冊にまとめることへの魅力に負けて引き受けた。他の方が選べば、また異なるラインナップになることだろう。自分ならどんな作家と作品を選ぶだろうと想像しながら、読んでもらえたら幸いだ。

## 底本一覧

内田百閒「土手三番町」『新輯　内田百閒全集』第八巻　福武書店　一九八七年
五木寛之「こがね虫たちの夜」『こがね虫たちの夜』角川文庫　一九七二年
小沼　丹「揺り椅子」『小沼丹全集』第二巻　未知谷　二〇〇四年
井伏鱒二「阿佐ヶ谷会」『井伏鱒二全集』第十三巻　筑摩書房　一九九八年
上林　曉「寒鮒」『増補決定版　上林曉全集』第二巻　筑摩書房　二〇〇〇年
原　民喜「心願の国」『夏の花・心願の国』新潮文庫　一九七三年
太宰　治「犯人」『太宰治全集　9』ちくま文庫　一九八九年
吉村　昭「眼」『遠い幻影』文春文庫　二〇〇〇年
尾辻克彦「風の吹く部屋」『国旗が垂れる』中央公論社　一九八三年
黒井千次「たまらん坂」『たまらん坂　武蔵野短篇集』講談社文芸文庫　二〇〇八年
松本清張「新開地の事件」『証明』文春文庫　一九七六年

底本の正字は新字に、旧かなは新かなに改めました。
ルビについては、底本にしたがいましたが、適宜、追加削除した箇所があります。

本書は中公文庫オリジナルです。

本文中に、今日の人権意識に照らして不適切な語句や表現が見られますが、執筆当時の社会的・時代的背景と作品の文化的価値に鑑みて、そのままとしました。

中公文庫

中央線小説傑作選（ちゅうおうせんしょうせつけっさくせん）

2022年3月25日　初版発行

編　者　南陀楼綾繁（なんだろうあやしげ）

発行者　松田陽三

発行所　中央公論新社
〒100-8152　東京都千代田区大手町1-7-1
電話　販売 03-5299-1730　編集 03-5299-1890
URL https://www.chuko.co.jp/

DTP　嵐下英治
印　刷　三晃印刷
製　本　小泉製本


Published by CHUOKORON-SHINSHA, INC.
Printed in Japan　ISBN978-4-12-207193-3 C1193

定価はカバーに表示してあります。落丁本・乱丁本はお手数ですが小社販売部宛お送り下さい。送料小社負担にてお取り替えいたします。

# 中公文庫既刊より

各書目の下段の数字はISBNコードです。978－4－12が省略してあります。

あ-94-1
**狂った機関車** 鮎川哲也の選んだベスト鉄道ミステリ
鮎川哲也 選
日下三蔵 編
戦前の本格推理から、知られざる作家の佳品まで、鉄道を舞台にしたミステリのアンソロジー。短・中篇の読みやすさ、懐かしさと新鮮さが共存した全七作。
207027-1

あ-96-1
**昭和の名短篇**
荒川洋治 編
現代詩作家・荒川洋治が昭和・戦後期の名篇を厳選。志賀直哉、高見順から色川武大まで全十四篇を収録した戦後文学アンソロジーの決定版。文庫オリジナル。
207133-9

い-23-3
**蓮如** ―われ深き淵より―
五木寛之
焦土と化した中世の大地に、慈悲と怒りを燃やし、人間の魂の復興をめざして彷徨う蓮如。その半生を躍動する人間群像と共に描く名著。〈解説〉瀬戸内寂聴
203108-1

い-38-3
**珍品堂主人** 増補新版
井伏鱒二
風変わりな品物を掘り出す骨董屋・珍品堂を中心に善意と奸計が織りなす人間模様を鮮やかに描く。関連エッセイを増補した決定版。〈巻末エッセイ〉白洲正子
206524-6

い-38-4
**太宰治**
井伏鱒二
師として友として太宰治と親しくつきあった井伏鱒二。二十年ちかくにわたる交遊の思い出や作品解説など太宰に関する文章を精選集成。〈あとがき〉小沼　丹
206607-6

い-38-5
**七つの街道**
井伏鱒二
篠山街道、久慈街道……。古き時代の面影を残す街道を歩いて、史実や文献を辿りつつ、その今昔を風趣豊かに描いた紀行文集。〈巻末エッセイ〉三浦哲郎
206648-9

う-9-4
**御馳走帖**
内田百閒（ひゃっけん）
朝はミルク、昼はもり蕎麦、夜は山海の珍味に舌鼓をうつ百閒先生の、窮乏時代から知友との会食まで食味の楽しみを綴った名随筆。〈解説〉平山三郎
202693-3

う-9-5
ノラや
内田百閒
ある日行方知れずになった野良猫の子ノラと居つきながらも病死したクルツ。二匹の愛猫にまつわる愛情と機知とに満ちた連作14篇。〈解説〉平山三郎
202784-8

う-9-6
一病息災
内田百閒
持病の発作に恐々としつつも医者の目を盗み麦酒をがぶがぶ……。ご存知百閒先生が、己の病、身体、健康について飄々と綴った随筆を集成したアンソロジー。
204220-9

う-9-7
東京焼盡（しょうじん）
内田百閒
空襲に明け暮れる太平洋戦争末期の日々を、文学の目と現実の目をないまぜつつ綴る日録。詩精神あふれる稀有の東京空襲体験記。
204340-4

う-9-10
阿呆の鳥飼
内田百閒
鶯の鳴き方が悪いと気に病み、漱石山房に文鳥を連れて行く……。『ノラや』の著者が小動物たちとの暮らしを綴る掌篇集。〈解説〉角田光代
206258-0

う-9-11
大貧帳
内田百閒
お金はなくても腹の底はいつも福福である——質屋、借金、原稿料……飄然としたなかに笑いが滲みでる。百鬼園先生独特の諧謔に彩られた貧乏美学エッセイ。
206469-0

う-9-12
百鬼園戦後日記Ⅰ
内田百閒
『東京焼盡』の翌日、昭和二十年八月二十二日から二十一年十二月三十一日までを収録。掘立て小屋の暮しを飄然と綴る。〈巻末エッセイ〉谷中安規（全三巻）
206677-9

う-9-13
百鬼園戦後日記Ⅱ
内田百閒
念願の新居完成。焼き出されて以来、三年にわたる小屋暮しは終わる。昭和二十二年一月一日から二十三年五月三十一日までを収録。〈巻末エッセイ〉高原四郎
206691-5

う-9-14
百鬼園戦後日記Ⅲ
内田百閒
自宅へ客を招き九晩かけて還暦を祝う。昭和二十三年六月一日から二十四年十二月三十一日まで。索引付。〈巻末エッセイ〉平山三郎・中村武志〈解説〉佐伯泰英
206704-2

各書目の下段の数字はISBNコードです。978-4-12が省略してあります。

う-9-15
# 追懐の筆 百鬼園追悼文集
内田百閒

夏目漱石、芥川龍之介ら文学者から、親友・宮城道雄、学生、飼猫クルツまで。哀惜をこめてその死を悼み、思い出を綴る。文庫オリジナル。〈解説〉森まゆみ

207028-8

う-9-16
# 蓬萊島余談 台湾・客船紀行集
内田百閒

台湾へもう一度行き度くて夢に見る様である——友人に招かれ鉄路で縦断した台湾をはじめ、日本郵船での太平洋戦争直前の客船紀行を集成。〈解説〉川本三郎

207165-0

う-37-1
# 怠惰の美徳
梅崎春生
荻原魚雷 編

戦後派を代表する作家が、怠け者のまま如何に生きてきたかを綴った随筆と短篇小説を収録。真面目で変でおもしろい、ユーモア溢れる文庫オリジナル作品集。

206540-6

う-37-2
# ボロ家の春秋
梅崎春生

直木賞受賞の表題作と「黒い花」をはじめ候補作全四篇に、小説をめぐる随筆を併録した文庫オリジナル作品集。〈巻末エッセイ〉野呂邦暢〈解説〉荻原魚雷

207075-2

く-20-1
# 猫
クラフト・エヴィング商會
井伏鱒二／谷崎潤一郎 他

猫と暮らし、猫を愛した作家たちが思い思いに綴った珠玉の短篇集が、半世紀ぶりに生まれかわる。ゆったり流れる時間のなかで、人と動物のふれあいが浮かび上がる、贅沢な一冊。

205228-4

く-20-2
# 犬
クラフト・エヴィング商會
川端康成／幸田文 他

ときに人に寄り添い、あるときは深い印象を残して通り過ぎていった名犬、番犬、野良犬たち。彼らと出会い、心動かされた作家たちの幻の随筆集。

205244-4

そ-3-14
# ビショップ氏殺人事件 曽野綾子ミステリ傑作選
曽野綾子
日下三蔵 編

ミステリ分野でも手腕を発揮した作家・曽野綾子の真価。江戸川乱歩に称賛された表題作をはじめ、サスペンスと心理描写に優れた異色作六篇をセレクトする。

207155-1

ち-8-1
# 教科書名短篇 人間の情景
中央公論新社 編

司馬遼太郎、山本周五郎から遠藤周作、吉村昭まで。人間の生き様を描いた歴史・時代小説を中心に中学教科書から厳選。感涙の12篇。文庫オリジナル。

206246-7

ち-8-2
**教科書名短篇　少年時代**　中央公論新社 編
ヘッセ、永井龍男から山川方夫、三浦哲郎まで。少年期の苦く切ない記憶、淡い恋情を描いた佳篇を中学教科書から精選。珠玉の12篇。文庫オリジナル。
206247-4

ち-8-9
**教科書名短篇　家族の時間**　中央公論新社 編
幸田文、向田邦子から庄野潤三、井上ひさしまで。かけがえのない人と時を描いた感動の16篇。中学教科書から精選する好評シリーズ第三弾。文庫オリジナル。
207060-8

ち-8-10
**教科書名短篇　科学随筆集**　中央公論新社 編
寺田寅彦、中谷宇吉郎、湯川秀樹をはじめ、岡潔、矢野健太郎、福井謙一、日髙敏隆七名の名随筆を精選。国語教科書の名文で知る科学の基本。文庫オリジナル。
207112-4

ち-8-8
**事件の予兆　文芸ミステリ短篇集**　中央公論新社 編
大岡昇平、小沼丹から野坂昭如、田中小実昌まで。非ミステリ作家による知られざる上質なミステリ十編を一冊にした異色のアンソロジー。〈解説〉堀江敏幸
206923-7

の-17-1
**野呂邦暢ミステリ集成**　野呂邦暢
「失踪者」「もうひとつの絵」「剃刀」など中短篇八編とエッセイを併せて年代順に収録。推理小説好きを自認した芥川賞作家のミステリ集。〈解説〉堀江敏幸
206979-4

ひ-37-1
**実歴阿房列車先生**　平山三郎
阿房列車の同行者〈ヒマラヤ山系〉にして国鉄職員だった著者が内田百閒の旅と日常を綴った好エッセイ。人物像を伝えるエピソード満載。〈解説〉酒井順子
206639-7

ひ-37-2
**百鬼園先生雑記帳　附・百閒書簡註解**　平山三郎
「百閒先生日暦」「『冥途』の周辺」ほか阿房列車でお馴染み〈ヒマラヤ山系〉による随筆と秘蔵書簡への詳細な註解。百鬼園文学の副読本。〈解説〉田村隆一
206843-8

ま-12-11
**ミステリーの系譜**　松本清張
一夜のうちに大量殺人を犯す「闇に駆ける猟銃」、継子の娘を殺し連れ子と「肉鍋を食う女」など、人間の異常に挑む、恐怖の物語集。〈解説〉権田萬治
200162-6

各書目の下段の数字はISBNコードです。978-4-12が省略してあります。

ま-12-24
実感的人生論
松本清張
不断の向上心、強靭な精神力で自らを動かし、つねに新たな分野へと向かって行った清張の生き方の根底にあったものは何か。自身の人生を振り返るエッセイ集。
204449-4

ま-12-25
黒い手帖
松本清張
戦後最大の大衆作家が、馴染み深い作品を例に取りながら「推理小説の発想」を語り、創作ノートを公開する。推理小説の舞台裏を明かす「推理随筆集」！〈解説〉権田萬治
204517-0

ま-12-29
古代史疑 増補新版
松本清張
邪馬台国をめぐる論争点を詳述し、独創的推理によって大胆な仮説を提示した清張古代史の記念碑的著作。当時随一の研究者との貴重なシンポジウムを初収録。
206364-8

ま-12-6
突風
松本清張
貞淑な人妻の胸を吹き抜けた突風。日常性の中にひそむ陥穽——。小説技巧と人間洞察の深さが生む著者の思い出深い初期短篇傑作集。〈解説〉三好行雄
200079-7

よ-13-13
少女架刑 吉村昭自選初期短篇集Ⅰ
吉村昭
歴史小説で知られる著者の文学的原点を示す初期作品集（全二巻）。「鉄橋」「星と葬礼」等一九五二年から六〇年までの七編とエッセイ「遠い道程」を収録。
206654-0

よ-13-14
透明標本 吉村昭自選初期短篇集Ⅱ
吉村昭
死の影が色濃い初期作品から芥川賞候補となった表題作、太宰治賞受賞作「星への旅」ほか一九六一年から六六年の七編を収める。〈解説〉荒川洋治
206655-7

よ-13-15
冬の道 吉村昭自選中期短篇集
吉村昭
池上冬樹編
透徹した視線、研ぎ澄まされた文体。『戦艦武蔵』以降、昭和後期までの「中期」に書かれた作品群から、吉村文学の結晶たる十篇を収録。〈編者解説〉池上冬樹
207052-3

よ-13-16
花火 吉村昭後期短篇集
吉村昭
池上冬樹編
生と死を見つめ続けた静謐な目は、その晩年に何をとらえたか。昭和後期から平成十八年までに著された、遺作「死顔」を含む十六篇。〈編者解説〉池上冬樹
207072-1